Spindarella Spinn von Spinnentier

und

die schräge Familie Popp

Einleitung

Spindarella gehört der Gattung der Winkelspinnen an. Das sind diese großen, stinknormalen Hausspinnen, deren Anblick viele Menschen zum Erschaudern bringt.

Diese Tatsache stimmt Spindarella sehr traurig. Sie möchte den Menschen nahebringen, dass auch sie ein liebevolles, sensibles, harmloses Wesen ist, das sich nach nichts mehr sehnt, als von den Menschen geachtet und akzeptiert zu werden.

Sie tut doch niemandem etwas zuleide! Trotzdem reagieren die meisten Menschen sehr panisch, wenn sie ihr begegnen. Viele Hausspinnen suchen sich über die Wintermonate ein Plätzchen in den Behausungen der Menschen, um die grimmige Jahreszeit zu überleben. Doch werden sie entdeckt, bezahlen sie ihr Eindringen ganz oft mit dem Tod. Spindarella weiß von vielen solchen grausamen Schicksalen. Sie ist jung, hat das Leben noch vor sich, und sie möchte den Winter gut überstehen! Darum macht sie sich Gedanken darüber, wo sie unbeschadet überwintern könnte. Es liegt ihr fern, ihr Leben aufs Spiel zu setzen. Hier, in der Mauerritze des Hauses der Familie Popp, kann sie nicht bleiben. Da würde sie den Winter bestimmt nicht überleben. Allerdings, im Hause Popp zu überwintern scheint ihr zu riskant, da Mama Ulla äußerst hysterisch auf Spinnentiere reagiert. Soviel hat Spindarella den Sommer über schon mitbekommen.

Was wäre nun eine gute Alternative? Sie muss sich die ganze Sache gut durch den Kopf gehen lassen. Es ist wichtig, jetzt keine voreiligen Entscheidungen zu treffen!

Welch' überraschendes Schicksal Spindarella nun ereilt, wird sie uns gleich erzählen…

Karin Beisteiner

Spindarella Spinn von Spinnentier
und
die schräge Familie Popp

– eine Hausspinne erzählt!

01. Auflage

Herausgeber: Karin Beisteiner

Autor: Karin Beisteiner

Umschlaggestaltung, Illustration: Anita Lechner-Schmitz

Lektorat, Korrektorat: Adi Michl

Verlag und Druck: tredition GmbH, Halenreie 40-44, 22359 Hamburg

978-3-7497-4646-0 (Paperback)

978-3-7497-4647-7 (Hardcover)

978-3-7497-4648-4 (e-Book)

Bibliographische Information der Deutschen Nationalbibliothek:

Die Deutsche Nationalbibliothek verzeichnet diese Publikation in der deutschen Nationalbiographie;

Detaillierte bibliographische Daten sind im Internet über: //dnd.d-nb.de abrufbar

Vorstellung der Autorin und Illustratorin

Autorin: Karin Beisteiner, geboren 1970, wuchs im Piestingtal auf und lebt nun mit ihrem Mann in Muggendorf.
Sie machte eine Lehre als Einzelhandelskauffrau und wechselte bald darauf in den Sozialbereich.
Neun Jahre war sie in der Hauskrankenpflege im Einsatz, danach fand sie ihre Berufung im Bereich der Behindertenbetreuung.
Seit nunmehr 12 Jahren ist sie als Behindertenbetreuerin in einer Werkstätte, als auch im Wohnbereich tätig.

Illustratorin: Anita Lechner-Schmitz, wuchs mit Schwester Karin in Waldegg im Piestingtal auf. Nach ihrer Ausbildung zur Bürokauffrau war sie einige Jahre im Werkzeughandel später im Buchhandel tätig.
Die Malerin lebt in Wr. Neustadt und genießt in ihrer Freizeit die langen Spaziergänge mit ihrem Schäferhund.
(https://bad-nitty.jimdoo.com)

Spindarella –

eine Hausspinne erzählt!

1. Kapitel

Mein ungewollter Einzug bei Familie Popp

Grüß Gott schön! Darf ich mich vorstellen? Ich heiße Spindarella Spinn von Spinnentier und bin, aus meiner Sicht, bei einer ziemlich schrägen Familie eingezogen. Gut, mit anderen Exemplaren dieser Spezies habe ich noch keine Erfahrung gemacht. Vielleicht sind alle so.

Eigentlich ist mir mein Einzug bei Familie Popp zufällig passiert. Im Schlaf sozusagen.

Ich hatte mir natürlich schon Gedanken darüber gemacht, wo ich wohl den Winter verbringen werde, wenn es so richtig kalt wird. Im Sommer hatte ich ja ein ganz nettes, kuscheliges Quartier im Garten der Familie bezogen. In einer großen Mauerritze an der Sonnenseite des Hauses war mein Palast. Im Holzstoß neben der Gartenhütte machte ich es mir tagsüber oft gemütlich. Vor allem, wenn nun die Herbsttage schon empfindlich kühl wurden. Ich liebäugelte damit, mich im Winter irgendwie in der Gartenhütte zu verschanzen. Daher hoffte ich auf einen nicht allzu strengen Winter, denn ansonsten würde es auch da zu kalt für mich werden. Aber im Großen und Ganzen, schien mir, war das ein ganz guter Plan. Denn, dass die Familie Popp mich nicht in ihrer Nähe dulden würde, das ahnte ich schon. So viel Menschenkenntnis traute ich mir zu. Ich hatte ja den ganzen Sommer über Zeit, die

Familie genau zu beobachten. Wenn sie Verwandte von mir entdeckten, während diese ihren Abendspaziergang machen wollten, durchdrang stets ein gellender Schrei die abendliche Idylle. Vor allem Mama Ulla Popp reagierte äußerst hysterisch beim Zusammentreffen mit meiner Spezies. Auch die Kinder der Popps, Tochter Sabine - die von allen liebevoll „Sabinchen" genannt wird, da sie das „Küken" der Familie ist - und Sohn Timon rannten kreischend in alle Himmelsrichtungen davon. Nur Papa Hadwin Popp blieb cool. „Lasst sie doch, die arme Spinne! Die hat von euch viel mehr Angst, als ihr vor ihr. Außerdem ist sie sehr nützlich!" Ich verstand ja die Welt nicht mehr. Da hatten die riesigen Menschen tatsächlich richtig Schiss vor uns kleinen, harmlosen Spinnentierchen. Was sollten wir denn denen schon anhaben? Aber wenn sie Bienen und Hummeln sahen, so waren sie überaus entzückt. Sie bauten sogar Wildblumen in ihrem Garten an, damit diese das allerbeste Futter bekommen. Auch die Grillen, Marienkäfer und noch viele andere Krabbeltierchen zählten zu ihren Freunden. Nur wir waren verpönt! Ganz schön diskriminierend. Nein, stimmt nicht ganz. Die Gattung der Kreuzspinnen wird oft von der ganzen Familie neugierig beobachtet. „Seht ihr die schöne Zeichnung? Wie gut man das Kreuz erkennen kann. Gebt Acht, dass ihr ihr Netz nicht zerstört. Schaut mal, sie hat eine Beute gefangen. Da hat sich schon eine Fliege in ihrem kunstvollen Netz verheddert. Nun könnt ihr mal sehen, wie fleißig und nützlich eine Kreuzspinne ist!" So sprechen sie in höchsten Tönen von dieser Spinnenart. Wo bleibt denn da nun bitte ihre Phobie?!? Kein gellender Schrei, kein Gekreische, nichts!!! Nur ein gewisser Respektabstand wird vorsichtshalber eingehalten. Doch vor unserer Gattung der Winkelspinnen graut es den meisten Menschen ganz fürchterlich. Dabei finde ich, dass ich doch eine ganz Hübsche bin! Ich habe lange, schlanke Beine und einen ästhetischen, scheinbar pechschwarzen Körper. Aber das kommt nur daher, dass mich die Menschen nur sehr oberflächlich betrachten. Eigentlich ist meine Grundfarbe braun und ich habe eine sehr schöne Zeichnung, in einem dunkleren Braunton gehalten. Ja, sehr elegant! Nicht zu vergessen meine schmale Taille, da kann höchstens die Wespe mithalten. Bei diesem Anblick verblassen viele vor Neid. Ich bin nicht so plump und derb wie diese Kreuzspinne!!! Die braucht sich gar nichts einzubilden auf ihr, ach so wunderschönes Kreuz auf ihrem Rücken. Ich meine, dass die Menschheit ganz hingerissen ist von den vielen Arten der Schmetterlinge, das kann ich nachvollziehen. Es sind wirklich sehr elegante, wunderschöne Wesen. Das muss ich schon zugeben. Aber, dass diese Kreuzspinnen bevorzugt werden und wir Winkelspinnen bei den meisten Menschen so verhasst sind, das stimmt mich doch sehr traurig.

Menschen, ich finde die auch nicht unbedingt schön, aber kreische ich jedes Mal darauf los, wenn ich welchen begegne? Nein! Schon aus Respekt und Anstand nicht! Da staksen sie umher auf ihren zwei Beinen. Die beiden anderen Beine, ach nein, die nennen sie „Arme" - aus welchem Grund auch immer -, hängen irgendwie viel zu weit oben am Körper herum. Da sind unten Beine, oben Arme und zwischen drinnen ist nichts! Unsereins ist mit acht Beinen gesegnet. Das macht Sinn! In regelmäßigen Abständen wieder ein schönes schlankes Bein. Darum sind wir blitzschnell und äußerst wendig. Zudem hat der liebe Gott bei den Menschen mit deren Augenlicht gespart. Gegen mich sind sie bestimmt blind wie ein Maulwurf, wage ich zu behaupten. Auch von einem ästhetischen Körperbau wie dem meinen können diese Menschen nur träumen. Da gibt es keine Linie bei dieser Spezies. Die wachsen irgendwie! Dick, dünn, kurz, lang, gerade, gebückt,...

Es ist doch ein Wunder, dass die überhaupt noch wissen, welcher Gattung sie angehören.

Nein, mein Problem soll das nicht sein. Ich akzeptiere sie so, wie sie sind, basta! Mein Leitsatz ist: „Leben und leben lassen!", und so soll es auch bleiben.

Es ist, wie es ist! Nun bin ich vom eigentlichen Thema, dem Einzug bei Familie Popp, etwas abgeschweift. Entschuldigung schon, aber ich musste meinen aufgestauten Frust über diese Ungerechtigkeit einfach mal loswerden.

Ich saß also tief schlummernd im schon von mir erwähnten Holzstoß und träumte davon, endlich so beliebt zu sein wie die Schmetterlinge. Deshalb bemerkte ich auch nicht, wie sich Hadwin Popp meiner für die Mittagsruhe auserkorenen Schlafstätte näherte. Da die Nächte schon empfindlich kalt wurden, holte er in weiser Voraussicht einen Korb voll Holzscheite ins Haus. Er freute sich schon darauf, den Ofen wieder zu aktivieren. Das erste Mal im Spätherbst ein Feuerchen zu entfachen, war für Papa Popp so etwas wie sein persönliches Volksfest! „Die Heizsaison ist eröffnet, es ist genug Holz vor der Hütte!", verkündete er gönnerhaft! Er nahm immer ein paar Holzscheite auf einmal vom Holzstoß und schlichtete diese in seinen großen Korb. So kam es, dass ich unbemerkt mit in diesen Korb geschlichtet wurde. Typisch eigentlich, mir widerfahren ständig so Kuriositäten! Als ich später aus meinem wunderbaren Traum erwachte, fand ich mich im Wohnzimmer der Familie Popp wieder. Auf der Ofenbank nebenan schlief laut schnurrend Minki, die Katze. Ach, die hatte ich doch total vergessen! Auch sie war ein Familienmitglied der Popps. Sie lebt noch nicht sehr lange hier, aber drei Jahre werden es schon sein. Sie ist sehr jung, verspielt und ungestüm.

Uijeee, nur nicht bewegen! Sie darf mich auf keinen Fall entdecken. Sonst bin ich schon aufgeflogen, noch ehe ich einen Plan habe, was um alles in der Welt ich nun machen soll! Konzentrieren, ich muss mich nun konzentrieren und einen kühlen Kopf behalten. Wie stehen meine Chancen hier zu überleben? 50:50 würde ich mal sagen. Hier muss ich wirklich auf der Hut sein. Wäre es nicht doch die klügere Lösung, auf eine gute Gelegenheit zu warten, um hier schnellstens wieder raus zu kommen? Doch in diesem Falle bräuchte ich wohl auch einen Plan B. Denn, wenn die Nächte schon im Spätherbst so grimmig kalt wurden, dann würde ich den Winter in der Gartenhütte bestimmt nicht überstehen. Vielleicht sollte ich es wagen hier zu bleiben? Es war ja auch ein sehr schmuckes Winterquartier und ich mochte diese Familie Popp. Ich wäre ihnen so gerne eine Freundin. Ich wünsche mir nichts sehnlicher, als dass mich auch jemand lieb hat. Vielleicht kann ich die Popps irgendwie von meiner Gutmütigkeit überzeugen? Einen Versuch ist es wert. Ich muss nur ganz behutsam vorgehen. Mit der Tür ins Haus fallen klappt nicht, da erschrecke ich sie nur wieder. Vor allem die Damen des Hauses sind furchtbar schreckhaft! Aber ich werde um ihre Gunst kämpfen! Ich mag dieses Winterquartier. Es war bestimmt Schicksal oder meine Bestimmung, dass ich hier hereingetragen wurde. Einige Menschen habe ich schon über solche Phänomene munkeln gehört. Die sprechen oft von Bestimmung, Karma, dass man gewisse Situationen durchmachen muss, von Aufgaben die man zu erfüllen hat, um im Leben weiterzukommen usw. ... Sehr geheimnisvoll! Vielleicht ist das jetzt so ein „Karma-Ding"? Möglich wär ´s! Zumindest würde es endlich Sinn machen, wieso mir immer die unmöglichsten Dinge widerfahren. Dann hätte ich wenigstens für mich selbst eine Erklärung dafür. Auch das beruhigt! Na gut, fürs Erste muss ich mich ruhig verhalten, bis Madame Minki sich von der Ofenbank erhebt und zu ihrem Futternapf schreitet. Diese Zeit werde ich dann nutzen, um mich in irgendeine Ecke zu verkriechen. Denn hier im Korb ist mein unentdecktes Verweilen sehr unsicher. Sobald Papa Hadwin den Ofen einheizt, stehen meine Chancen relativ schlecht. Entweder lande ich in der Flammenhölle oder im Sog des Staubsaugers, so war meine Befürchtung. Ich persönlich hatte mit dem angeblichen Feindbild Nummer Eins, dem Staubsauger, noch keine Bekanntschaft gemacht. Doch ich habe schon viele, viele grausame Geschichten über ihn gehört. Von meiner Verwandtschaft wurde er sehr gefürchtet. Schon als ich ganz klein war, erzählten sie mir die schaurigsten Geschichten über ihn. Es verging kein Tag, an dem ich nicht vor ihm gewarnt wurde. Ich hatte vor Angst nächtelang kein Auge zugemacht. Doch zu Gesicht bekommen habe ich dieses Scheusal, wie gesagt, noch nie! Ich lege auch wirklich keinen Wert darauf.

Die Stunden vergehen und Minki schläft noch immer tief und fest. Inzwischen habe ich beschlossen, mich bei Gelegenheit hinter das Ecksofa zu begeben. Diese Ecke erscheint mir ideal zu sein für meinen Nestbau. Papa Hadwin Popp, allseits als Sparmeister bekannt, hat hinter dem Sofa die Sesselleisten eingespart. Oder waren seine Berechnungen falsch gewesen und hatte er zu wenige gekauft? Ich will ihm ja nichts Falsches andichten. Auf alle Fälle ist nun ein Spalt zwischen Parkettboden und Hauswand. Ideal für meinen Trichterbau! Ich freue mich schon darauf, endlich losspinnen zu können. Doch vorher muss sich dieses faule Katzentier endlich von dieser Ofenbank wegbewegen.

Was ist jetzt? Ich höre jemanden an der Eingangstür! Laute Schritte nähern sich dem Wohnzimmer. Hoch über mir vernehme ich ebenfalls Geräusche. Die Kinder des Hauses dürften im Obergeschoß in ihren Kinderzimmern spielen. Mama Ulla Popp ist wohl noch mit der

Gartenarbeit beschäftigt. Da gibt es im Herbst allerhand zu tun, bevor der grimmige Winter ins Land einzieht. Plötzlich betritt Hadwin Popp den Raum. „Ulla, soll ich schon mal Feuer machen?", ruft er in den Garten hinaus. Wie immer ist er top motiviert, wenn es um das Einheizen geht. Doch die gesamte Familienbande ist zu meinem großen Glück ausnahmsweise einer Meinung. „Dafür ist es doch noch viel zu warm draußen!", brüllen sie einheitlich zurück. Enttäuscht zieht Papa Hadwin achselzuckend von dannen.

Puh, das war knapp!!! Nun muss ich wirklich zusehen, dass ich hier so schnell wie möglich wegkomme. Der Mann ist im Stande und heizt tatsächlich noch den Ofen ein! Ich denke, seine Familie kann ihn nicht mehr sehr lange in Schach halten. Bevor er nicht ein lustig tanzendes Feuerchen durch das Sichtfenster des Ofens beobachten kann, wird er wohl keine Ruhe geben. Spätestens wenn die Sonne untergegangen ist, wird es soweit sein.

Vorsichtig krabble ich die Holzscheite hoch. Doch wie ich das erste Beinchen an den Korbrand stelle, durchbricht ein lautes Knacksen des Holzes die Stille. Minkis Ohren drehen sich sofort im Kreis wie kleine Radarschirme. Muss das sein? Wenn sich das Holz durch die Wärme ausdehnt, knackst es. Aber warum ausgerechnet jetzt? Knack, noch einmal! Ich erstarre und mache mich so flach wie nur möglich. Minki zieht eine Augenbraue hoch und öffnet mühsam ein Auge. Gott sei Dank entdeckt sie mich nicht, verschlafen wie sie noch ist. Sie streckt ihre Vorderpfoten von sich und reißt dabei ihr Maul weit auf. Ich starre entsetzt in den Schlund des Katzenviehs und spüre ihren warmen Atem. Ihr Mundgeruch ist auch nicht von schlechten Eltern. Katzenminze würde ich ihr empfehlen, die macht den Atem frisch! Sie schmatzt noch einige Male genussvoll vor sich hin, rollt sich wieder wie ein Wollknäuel zusammen und schläft laut schnurrend weiter.

Wenigstens liegt sie jetzt mit dem Rücken zu mir. Das ist schon mal eine weitaus bessere Ausgangsposition für mich. Wieder starte ich einen Versuch, unbemerkt aus dem Korb zu krabbeln. Leise, ganz leise und bedacht klettere ich diesen hinunter und als ich es endlich geschafft habe, stürmt Timon Popp unerwartet in das Zimmer herein und läuft ungestüm auf die Katze zu. Er vergräbt sein Gesicht in dem Fell der genervten Minki, die ihn sofort mit ihren Pfoten abzuwehren versucht. Erst sachte, dann findet sie es doch von Nöten, als Warnung ihre Krallen auszufahren und dem frechen Kerl durch ihr Pfauchen verständlich zu machen, dass sie sich einen etwas sanfteren Umgang wünscht. Die beiden waren in dem Moment so mit sich selber beschäftigt, dass ich mich blitzschnell hinter dem Ofen verstecken konnte. Ob das hier wohl so weitergeht? Da stelle ich mir unser Zusammenleben schon ziemlich schwierig vor. So viele Aufregungen an einem Tag sind nichts für mein zartes Nervenkostüm. Ich hoffe doch sehr, das pendelt sich ein, wenn ich dann erst mein Quartier ordentlich bezogen habe. Es wird auch wichtig sein, die Gewohnheiten der Familie inklusive die der Katze genau zu studieren. So kann ich meinen Tagesablauf danach richten und wir finden alle unsere wohlverdiente Ruhe. Die Tatsache, dass die Menschen ihre Nachtruhe benötigen, kommt mir schon sehr entgegen, denn ich bin ein nachtaktives Wesen. In diesem Punkt ergänzen wir uns ganz gut. Die Katzen, so hörte ich, sind lieber in der Dämmerung unterwegs. In der Nacht, da schlafen sie ebenfalls tief und fest. Also mit einem Wort, die Nacht gehört mir!

Erst einmal bin ich in Sicherheit. Verstohlen blicke ich mich um. Hier hinter dem Ofen tummeln sich die Wollmäuse nur so herum. Das wäre wohl ein Fressen für meinen Erzfeind, den Staubsauger. Ich rieche Futter! Mein wachsames Auge erspäht eine Assel. Wow, ein Festessen! Asseln zählen zu meinen Leibspeisen. Wahrscheinlich hat sie dasselbe

Schicksal ereilt und sie war mit den Holzscheiten ins Haus gebracht worden. Ihr Pech, die wird mein Festmahl heute! Blitzschnell stürze ich mich auf sie. Ein gezielter Biss meinerseits und schon hat sie es hinter sich. Ich muss ja meine Beute erjagen, um zu überleben! Für mich gibt es keinen Supermarkt, in dem ich mich nach Herzenslust bedienen kann, um meinen Hunger zu stillen. Die Menschen haben es da schon einfacher, die müssen sich mit ihrer Beute nicht seelisch auseinandersetzen. Die brauchen ihr auch nicht in die Augen zu sehen, wenn sie sie töten. Die bekommen diese schon filetiert und fertig zum Verspeisen auf einem Tablett serviert.

Nachdem ich mich gestärkt habe, krabble ich wieder aus der schmutzigen Ecke hervor. Es gilt nun den richtigen Zeitpunkt abzuwarten, damit ich den Raum sicher durchqueren kann, um endlich hinter das Ecksofa zu gelangen. Langsam bin ich mit meiner Geduld am Ende. Ich bin zwar nachtaktiv, doch ich habe keine Lust, mit meinem Nestbau die ganze Nacht beschäftigt zu sein. Außerdem bin ich schon ziemlich geschafft heute. Die vielen Aufregungen, die neuen Eindrücke, das Pläne-Schmieden über meine Zukunft in diesem Haus. Ich bin zwar in der Blüte meines Lebens, doch das alles macht auch mich ziemlich müde. Ich bin sowieso nicht der Typ, der große Veränderungen so leicht wegsteckt.

Plötzlich bewegt sich etwas auf der Ofenbank. Minki, die Katze, wird wach. Sie räkelt sich und streckt ihre Beine weit von ihrem Körper weg. Sie macht sich lang, ja sehr lang, unglaublich lang! Nun erhebt sie sich und zeigt ihren schönsten Katzenbuckel. Dann stellt sie ihre Vorderpfoten etwas nach vor und senkt ihren Oberkörper, um ihr Hinterteil so weit es ihr möglich ist, nach oben zu strecken und - schwups - springt sie von der Ofenbank. Gemächlich trabt sie aus dem

Raum in die Küche. Endlich! Dass ich diesen Moment noch erwartet habe, grenzt fast an ein Wunder. Ich laufe so schnell ich kann quer durch das Zimmer und verschanze mich unter das Ecksofa. Nun kann ich mit meinem Wohnungsbau beginnen. Eifrig spinne ich die halbe Nacht. Fertig! Schön ist es geworden, mein neues Domizil! Stolz betrachte ich meinen Bau. Ich bin überaus zufrieden mit mir! Kurz überlege ich, ob ich nun die restlichen Stunden der Nacht nutze, um mich im Haus etwas umzusehen. Doch die bleierne Müdigkeit, die mich befällt, hält mich davon ab. Es wäre auch nicht sehr klug, denn wenn man übermüdet ist, wird man unvorsichtig. Meine erste Expedition hier verschiebe ich lieber auf morgen! Ich krabble in mein Nest und mache es mir gemütlich. Außerdem gehört das neue Zuhause ohnehin erst mal ordentlich eingeweiht. Man sagt doch, dass sich der erste Traum im neuen Heim erfüllen soll! Da bin ich nun schon sehr gespannt darauf, was sich mir heute in meinem Traum offenbaren wird. Hoffentlich, dass ich es schaffe, meine Menschen hier von ihrer Spinnenphobie zu heilen. Das wäre im Augenblick mein größter Wunsch! Ich sinniere noch eine Weile vor mich hin, bis ich dann friedlich im Land der Träume versinke.

2. Kapitel

Spindarellas erste Erkundungstour durch das Haus und ihre Begegnung mit Minki, dem Katzentier

Neuer Tag, neues Glück! Ich habe wunderbar geschlafen. An meine Träume kann ich mich leider nicht erinnern. Schade! Ich presse noch einmal fest meine Augen zu, in der Hoffnung, doch noch irgendeine Erinnerung an meinen ersten Traum im neuen Domizil zu erhaschen. Nichts! Wahrscheinlich liegt es daran, dass ich etwas unsanft aus meinen Träumen gerissen wurde. Ich schreckte hoch von lautem Türknallen, dem Geschrei der Kinder, einschließlich dem Gebrülle von Mama Ulla Popp. Papa Hadwin Popp trabte ständig lauten Schrittes hin und her und war auf der Suche nach irgendeinem Gegenstand, den er anscheinend verlegt hatte. Die gute Katze Minki mischte ordentlich mit, indem sie noch allen zwischen ihren Füßen umherstreifte, um nach Aufmerksamkeit zu heischen. Dass sie damit Mama Ulla fast zu Fall brachte, machte die aufgeregte Stimmung im Hause Popp nicht besser. Bei dieser Familie geht es rund so früh am Morgen, da ist man mit einem Schlag hellwach! Ich bin eigentlich ein sehr ausgeglichenes Spinnentier, bin eher der phlegmatische Typ. An so ein Tohuwabohu muss ich mich erst gewöhnen.

Wieder fällt die Tür laut ins Schloss. Dieses Mal war es die Eingangstür. Nun sind alle weg, mitsamt der Katze. Diese macht sich auf zu ihrem morgendlichen Rundgang, die Kinder laufen zum Schulbus, und Papa Hadwin hetzt mit Mama Ulla im Schlepptau zur Arbeit. Die beiden sind in derselben Firma angestellt. Na, meines wäre das nicht, zumindest Papa Hadwin würde ich etwas Ruhe von seiner ständig fordernden Ulla gönnen! Soviel habe ich schon mitbekommen in dieser kurzen Zeit, viel zu reden hat Papa Hadwin bei Mama Ulla nicht! Gut, das ist bei uns Spinnentieren nicht viel anders. Wenn bei uns das Männchen nicht spurt, wird es gebissen und gefressen. Da machen wir Spinnendamen kurzen Prozess! Schon nächsten Tag sind wir auf der Suche nach einem neuen Männchen. So läuft das bei uns ab! Aber dass es bei den Menschen ähnlich sein könnte, hätte ich in meinen kühnsten Träumen nicht vermutet. Bis heute dachte ich, bei den Menschen hat das Familienoberhaupt, also der Mann, das Sagen! Indirekt dürfte es aber doch eher die Frau sein. Wahrscheinlich, weil die mehr Unruhe in den Tagesablauf bringt und der Mann alles dafür tut, um seinen Frieden zu haben. Hmmmh..., diese Verhaltensweisen der Menschen muss ich noch genauer studieren. Finde ich äußerst interessant!

Eigentlich sollte ich nun die Gunst der Stunde nutzen, um mich hier etwas umzusehen. Es wäre auch gut, wenn ich im Vorhinein meine diversen Fluchtwege und Verstecke für den Notfall schon genau kenne. Man kann nie genug vorbereitet sein. Ich habe ja gestern gesehen, wie schnell es gehen kann, dass Timon bei der Tür hereinstürmt! Das war knapp! Wenn mich der entdeckt hätte, wäre wahrscheinlich die gesamte Nachbarschaft „Habt Acht" gestanden durch sein lautes Brüllen.

Normalerweise ist es nicht so meine Art, schon am frühen Vormittag mein Nest zu verlassen. Aber ich habe keine Ahnung, wie lange die Luft rein ist. Katze Minki kann jederzeit wieder nach Hause kommen. Launisch wie die ist, weiß man nie, was ihr im nächsten Moment einfällt. Ab morgen kann ich es mir wieder gemütlicher machen und meinen gewohnten Tagesablauf einhalten. Ein Umzug ist immer stressig, das war mir davor schon klar. Je schneller ich hier alles inspiziert habe, desto eher kehrt wieder Normalität ein in meinen

Lebensrhythmus.

Ich nehme mir als erstes das Untergeschoß vor. Da habe ich schon ganz schön zu tun. Ob ich die Räume im ersten Stock auch heute begutachte, muss ich mir noch überlegen. Es gilt zu bedenken, dass, wenn die Familienbande nach Hause kommt und ich noch in den oberen Räumlichkeiten verweile, es kein Zurück in mein kuscheliges Heim gibt. In diesem Fall bliebe mir nichts anderes übrig, als mir dort oben einen Zweitwohnsitz zu bauen. Die Idee an sich ist gar nicht so schlecht. Ein Ausweichquartier kann wirklich nicht schaden!

Neugierig erkunde ich Raum für Raum, Ecke für Ecke. Es war schon nett von Familie Popp, dass sie die Türen offen ließen. Wahrscheinlich deshalb, damit sich Katze Minki frei nach ihrem Willen im Haus bewegen kann. In der Küche entdecke ich hinter dem Geschirrspüler ein verlassenes Nest meinesgleichen. Weshalb ist sie nicht zurückgekommen? Hat sie etwa dasselbe Schicksal ereilt wie schon so viele unserer Spezies zuvor auch? Ich mag zwar nicht wirklich mein Revier mit anderen meiner Gattung teilen, doch einen grausamen Tod durch diese Bestie, den Staubsauger, wünsche ich echt niemandem. „Nicht gleich den Teufel an die Wand malen und an das Schlimmste denken, Spindarella", ermahne ich mich selbst, um wieder auf andere Gedanken zu kommen. Vielleicht genießt sie noch die letzten schönen Tage im Spätherbst in freier Natur. Ich hätte doch auch noch nicht mein Winterquartier bezogen, wenn ich nicht von Papa Popp quasi gekidnappt worden wäre. Wie es auch sei, falls ihre Behausung verlassen bleibt, habe ich einen weiteren Unterschlupf im Talon. Auch nicht schlecht!

Meine Erkundungstour geht schneller voran als ich mir zuvor gedacht hatte. Ich beschließe daher, es auch noch die Treppe hinauf zu wagen. Ich kann nun meine Neugierde kaum mehr im Zaum halten und möchte unbedingt auch die oberen Räumlichkeiten kennenlernen. Im Flur begegne ich einem Stinkekäfer, der etwas träge die Wand hinauf schleicht. „Stinkekäfer" wird er von der Menschheit im Volksmund genannt. Wisst ihr, was ich meine? Diskriminierend ist das! Baumwanze nennt ihn hier kaum jemand. Auch er ist kein gern gesehener Gast in den Behausungen der Menschen. Mich überkommt plötzlich ein Gefühl der Solidarität mit diesem Krabbeltier. Deshalb beachte ich den armen Kerl nicht weiter und widme mich voll und ganz meiner Expedition.

Hier oben brauche ich schon deutlich länger, um alles genau zu erkunden. In diesen Zimmern herrscht das reinste Chaos und es gestaltet sich schwierig, mir hier einen Überblick zu verschaffen. Vor allem in den Kinderzimmern. Keine Spur von Struktur! Mich wundert es nicht, dass die Popps ständig auf der Suche nach irgendwelchen Dingen sind. Vielleicht ist es ja nicht immer so. Zugegeben, heute hatten sie schon einen sehr hektischen Start in den Tag. Aber gut, mein Hauptwohnsitz in diesem Haus befindet sich im Erdgeschoß, im Wohnzimmer hinter dem Ecksofa, also sollte mich der Saustall hier oben nicht stören! Das geht mich im Grunde nichts an! An meiner Pingeligkeit muss ich noch arbeiten, denn eigentlich kommt mir ein bisschen Unordnung doch sehr entgegen. Dadurch ergeben sich viel mehr Versteckmöglichkeiten für den Notfall. So muss ich das Ganze betrachten. Da sieht man es wieder. Alles hat zwei Seiten, es liegt nur im Auge des Betrachters. Nun wird es aber wirklich höchste Zeit, um mich auf den Rückweg zu machen. Man darf sein Glück nicht herausfordern. Bestimmt sind schon mehrere Stunden vergangen. Ich möchte gerne meine Wohnung erreichen, ehe die Familie wieder nach Hause kommt. Sehr zufrieden mit meiner bisherigen Leistung an diesem Tag krabble ich, Stufe für Stufe, die Stiege abwärts. Schon fast unten angelangt vernehme ich ein eigenartiges, quietschendes Geräusch. Oh Gott, die Katzenluke!!! Katze Minki quetscht sich eben durch diese hindurch. Ich erstarre vor Schreck auf der vorletzten Stufe. Schon trabt Minki munter auf mich zu. Oh nein, sie hat mich entdeckt!!! Neugierig beugt sich das Katzentier über mich. Ich kann ihren warmen Atem spüren. Ihr Mundgeruch ist heute auch nicht viel besser, muss ich feststellen. Sie stupst mich mit ihrer feuchten, kalten Nase. Misstrauisch macht sie einen Schritt zurück. Ich, noch immer zu einer Salzsäule erstarrt, schicke ein Stoßgebet zum Himmel. Minki fährt ihren Hals aus in meine Richtung. Abermals spüre ich ihre nasskalte Nase an meinem vor Angst bebenden Körper. Dennoch wundere ich mich darüber, wie lange so ein Hals eines Katzenviehs doch werden kann! Verstört blickt mich Minki mit großen Augen an und gibt eigenartige, schnatternde Geräusche von sich. Scheinbar weiß sie noch nicht recht, was sie mit mir anfangen soll. Es gibt anscheinend tatsächlich irgendwo da oben einen lieben Gott, der auch Schutzengel für Spinnentiere entsendet. Katze Minki hebt nun ihre Tatze und klopft mir damit rasch, mehrmals hintereinander auf meinen Rücken. Ich versuche mich zu schützen, indem ich mich so gut es geht zusammenrolle. Plötzlich schubst sie mich mit ihrer anderen Pfote ein Stück in Richtung Hauswand. Als ich mich wieder gesammelt habe, spüre ich abermals ihre Pfote und schon segle ich wieder auf die andere Seite der Treppe. Nun nehme ich all meinen Mut zusammen, bevor Katze Minki noch Gefallen an ihrem neuen Spiel findet, und renne so schnell mich meine acht Beine tragen ins Wohnzimmer. Minki stürmt hinterher! Auch sie ist wahnsinnig schnell und wendig. Ich schaffe es dennoch im letzten Moment unter das rettende Sofa!

Minki liegt schnatternd und wild mit ihrem Schwanz um sich schlagend davor. Sie steckt abwechselnd ihre beiden Pfoten unter das Sofa und versucht mich damit irgendwie zu erhaschen. Doch jetzt sitze ich eindeutig am längeren Ast! Immer wieder sehe ich ihre rosa Nasenlöcher.

Doch von ihrer Position aus kann sie mich zum Glück nur beobachten. Ich bin mir noch immer nicht im Klaren darüber, ob Minki nur mit mir spielen möchte oder ob ich doch ein willkommener Snack für sie wäre.

Denn wollte sie mich wirklich fressen, dann hätte sie eben auf der Treppe die beste Gelegenheit dazu gehabt. Na ja, das muss ich nun nicht sofort herausfinden. Fürs Erste war es mir Aufregung genug. Aber dieser Gedanke gefiele mir. Dann würde von Katze Minki nicht allzu viel Bedrohung ausgehen. Im besten Fall könnten wir sogar einmal so etwas wie Freunde werden!?! Das wäre toll!!!

Nun wird es Minki zu dumm. Sie wendet sich von mir ab und schreitet in die Küche zu ihrem Futternapf. Schlafen und Fressen, die Lieblingsbeschäftigungen von Katzen! Ich begebe mich in meinen Trichterbau und gönne mir etwas Ruhe. Ich mache es mir gemütlich und lasse das Erlebte nochmals vor meinem geistigen Auge ablaufen. Die Katze dürfte tatsächlich nicht unbedingt mein Feind sein. Ich komme zu dem Entschluss, die Hoffnung nicht aufzugeben, um hier doch noch akzeptiert zu werden. „Wie man in den Wald hinein schreit, so kommt es zurück!" Diesen weisen Satz hörte ich schon oft aus den Mündern der Menschen. Ich beschließe, noch heute zu versuchen mit Katze Minki in einen Dialog zu treten. Ich muss ihr klar machen, dass ich in friedlicher Absicht hier bin und nicht beabsichtige, irgendjemanden etwas anzuhaben. Ich könnte ihren Futternapf bewachen, damit sich nicht Fliegen an ihrem Menü zu schaffen machen. Da wäre für mich auch die eine oder andere Mahlzeit drinnen und ihr heiß geliebtes Fressen bliebe verschont. Außerdem könnte ich auch ihr Fell nach lästigen kleinen Krabbeltierchen untersuchen und sie gegebenenfalls davon befreien. Das wäre doch ein tolles Freundschaftsangebot meinerseits! Hoffentlich steigt Katze Minki darauf ein. Wir wären bestimmt ein cooles Team! Doch erst fröne ich meinem wohlverdienten Mittagsschläfchen. Denn solche wichtigen Verhandlungen sollte man nur gut ausgeschlafen in Angriff nehmen. Dazu braucht man einen klaren Kopf! Außerdem hat es sich Minki nach der Einnahme ihrer Mahlzeit auf ihrem kuscheligen Katzenbett neben dem Sofa gemütlich gemacht und scheint schon im Land der Träume zu sein. Sie jetzt zu stören wäre äußerst unklug von mir!

3. Kapitel

Friedliches Übereinkommen mit Katze Minki und Papa Hadwin Popp

Es sind nun einige Tage vergangen und ich habe mich einigermaßen gut eingelebt. Katze Minki hat mir mittlerweile zu verstehen gegeben, dass ich nicht unbedingt auf ihrem Speiseplan stehe. Es müsste schon eine massive, lebensbedrohliche Hungersnot ausbrechen! Aber auch in diesem Fall wären die frechen, flinken Mäuse ihre erste Wahl. Eine Riesenheuschrecke als Snack zwischendurch würde sie sich allerdings nicht entgehen lassen. Die sind so verführerisch frisch und knackig! Doch an mir hätte sie keinesfalls Interesse, versicherte sie mir.

Meine Anwesenheit kommt jedoch ihrer von Zeit zu Zeit aufflammenden Langeweile sehr entgegen. Es zählt nun zu einer ihrer Lieblingsbeschäftigungen, mich aufzuspüren, um mich „querfeldein" durch das Haus zu jagen. Total außer Atem mache ich, solange es meine Kondition erlaubt, gute Miene zu ihrem Fangenspiel. Minki meint es nicht böse und jetzt kommt das Wichtigste - sie frisst mich nicht! Das rechne ich ihr hoch an! Es ist schon etwas schwierig, eine Katze als Spielgefährtin zu haben. Denn in ihrer Ungestümheit kann sie mir schnell zu grob werden. Anfangs pflegt sie stets einen sehr vorsichtigen Umgang mit mir, doch in der Hitze des Gefechtes vergisst sie schon mal auf meinen doch eher zarten Körperbau. Meine Verletzungsgefahr steigt in solchen Situationen erheblich! Wenn mir die Verfolgungsjagd zu wild wird, dann verkrieche ich mich in meinem jeweiligen Versteck und komme nicht mehr heraus. Minki versteht, dass ich das Spiel nun beende und zieht sich als zufriedene Gewinnerin zurück. Ich lasse ihr gerne dieses Erfolgserlebnis eines gewonnenen

Kampfes. Katze Minki ist noch jung, sie braucht das für ihr Ego! So gesehen harmonieren wir schon ganz gut.

Erschöpft verbleibe ich in meinem Zweitwohnsitz in der Küche und Katze Minki erholt sich auf der Ofenbank im Wohnzimmer. Es braucht noch einige Zeit, bis ich zur Ruhe komme. Tausend Gedanken schwirren in meinem Kopf herum. Ich feile an neuen Strategien, wie ich auch Familie Popp auf meine Seite ziehen könnte. Doch irgendwann übermannt mich die Müdigkeit und ich verfalle in einen tiefen Schlaf. So viel Aktivität tagsüber bin ich nun wirklich nicht gewohnt, da gönne ich mir schon mal ein Schläfchen zwischendurch. Und Minki, das Katzentier, verschläft sowieso ihr halbes Leben.

Ich habe keinen blassen Schimmer, wie lange ich im Land der Träume verweilte. Ich wurde durch lautes Gelächter, Musik und Motorengeräusche geweckt. Nun vernehme ich ganz in meiner Nähe ein Schmatzen. Ach, Minki ist auch wieder fit und diniert bereits genüsslich. Doch von woher kamen bloß die Geräusche, die mich aus meinem tiefen Schlaf holten? Offensichtlich aus dem Fernsehgerät, das an der Wohnzimmerwand montiert ist. Hatte es sich Minki auf der Fernbedienung des Gerätes bequem gemacht und diese dadurch betätigt? Neugierig krabble ich aus meinem Versteck und trabe verschlafen ins Wohnzimmer. Plötzlich bleibe ich wie angewurzelt stehen. Meine wachsamen Augen erspähen voll Entsetzen Papa Hadwin Popp, der es sich schon auf dem Sofa gemütlich gemacht hat. Wann um alles in der Welt ist denn Papa Popp nach Hause gekommen?!? Seine Ankunft hatte ich total verschlafen! In dem Moment entdeckt mich auch Hadwin Popp.
„Lauf, lauf so schnell du kannst!", durchfährt es mich. Doch im selben Augenblick spricht der Hausherr zu mir: „Hallo, wer bist denn du? Von

28

mir brauchst du dich nicht zu fürchten. Ich mag es, wenn Fliegen- und Gelsenjäger im Haus wohnen. Aber nimm dich vor meiner Frau Ulla und den Kindern in Acht. Wenn die dich entdecken, dann kann selbst ich dir nicht mehr helfen. Die sind gnadenlos! Im besten Fall darf ich dich nach draußen bringen, vorausgesetzt sie haben einen halbwegs sozialen Tag. Meist kommt jedoch der Staubsauger zum Einsatz. Dann ist es um dich geschehen! Ich muss leider den Befehlen meiner Sippe gehorchen, auch wenn ich dir eigentlich nichts zuleide tun möchte. Doch gegen meine panische Familie komme ich mit gut gemeinten Argumenten nicht an. Die leiden allesamt an einer ausgeprägten Spinnenphobie. Das darfst du nicht persönlich nehmen. Das ist krankhaft! Denk an meine mahnenden Worte!

So, nun weißt du, woran du bei uns bist. Sei auf der Hut, dann kannst du hier eine schöne Zeit verbringen.“

Klare Worte von Papa Popp! Ich mag es, wenn Tacheles geredet wird. So kann ich mich auf die Gesamtsituation besser einstellen und erlebe keine bösen Überraschungen! Ich muss mich unbedingt schlau machen, welche Therapiemöglichkeiten bei einer Spinnenphobie erfolgreich zum Einsatz kommen. Ich hoffe, es ist etwas Brauchbares dabei, das ich bei meiner neugewonnenen „Adoptivfamilie“ anwenden kann. Da ich diese, nicht sehr leichte, Aufgabe wohl selber in die Hand nehmen muss, sollte es eine Technik sein, die sich mit meinen - leider sehr eingeschränkten - Möglichkeiten gut durchführen lässt.

Noch ganz in meinen Gedanken versunken, höre ich plötzlich Papa Hadwin Popp sagen: „Und damit das Kind einen Namen hat, nenne ich dich Bertl!“

„Bertl!?! Bist du des Wahnsinns?!“
Als Ausdruck meines massiven Protestes strecke ich abwehrend meine

zwei Vorderbeine so weit es mir möglich ist nach oben.

„Kannst du an meinen eleganten, schlanken, langen Beinen nicht erkennen, dass ich weiblicher Natur bin? Noch dazu bin ich eine „von und zu"! Ich, Spindarella Spinn von Spinnentier, bin die letzte hier Überlebende meines Adels! Die Männchen unseres Adelshauses taugten allesamt nichts. Die wurden schon vor langer Zeit von meinen weiblichen Verwandten gefressen. Danach wanderten die edlen Damen aus, um sich auf die Suche nach geeigneteren Männchen zu begeben.

Pffff, Bertl, dass ich nicht lache! Untersteh` dich, das grenzt an eine Beleidigung sondergleichen! Du Banause!!!"
Doch Papa Popp versteht weder meine Sprache noch meine Gebärde und grübelt unterdessen an der für mich passenden Namensgebung weiter.

„Noch besser wäre, ich taufe dich Balduin!", lässt er seiner Begeisterung freien Lauf. „Das ist gut, Balduin der Familienschreck! Einen treffenderen Namen finde ich bestimmt nicht für dich, mein kleiner Freund!", triumphiert Papa Hadwin Popp. Zufrieden mit sich und seinem Einfallsreichtum gießt er sich ein Glas Rotwein ein, prostet mir zu und heißt mich nun offiziell in seiner Familie willkommen.
Na gut, diese überaus nette Geste von Hadwin berührt mich sehr. Das muss ich zugeben. Endlich habe ich das Gefühl, dass mich auch jemand mag. In dem Moment verzeihe ich ihm seinen geistigen Ausrutscher, was meinen neuen Namen betrifft. Aber es wird sicher eine meiner Aufgaben hier werden, Hadwin Popp davon zu überzeugen, dass ich weiblichen Geschlechtes bin! Wahrscheinlich auch aus meinem Bewusstsein heraus, dass alle männlichen Aristokraten meines Familienstandes völlige Nieten waren, ehrt mich diese geschlechtliche

Verwechslung nicht besonders. Doch das konnte der arme Hadwin natürlich nicht wissen!
Ich gebe mich geschlagen und krabble vorerst als Balduin hinter das Sofa in meinen Trichterbau.

Angestrengt überlege ich, was ich bei dem letzten Gespräch, welches Mama Ulla mit ihrer esoterischen Freundin führte, über „Suggestion" aufgeschnappt habe. Das klang doch alles hochinteressant! Ich denke, es läge durchaus in meinen Fähigkeiten, solche Suggestionen durchzuführen.

Während ich es mir in meinem kuscheligen Heim gemütlich gemacht habe und meine neugesponnenen Ideen nochmal überdenke, vernehme ich über mir ein lautes Schnarchen. Papa Hadwin Popp dürfte eingeschlafen sein. Das ist meine Chance! Hadwin Popp wird mein erster Proband! An ihm werde ich nun meine „Suggestionskünste" ausprobieren.
Entschlossen und voller Tatendrang krabble ich die Rücklehne des Sofas hoch. Da liegt er in tiefem Schlummer am Sofa, der Hadwin. Motiviert kämpfe ich mich durch das borstige Gestrüpp, welches die Menschen Haare nennen. Ich überquere sein Haupt und erreiche bald darauf Hadwins imposante Ohrmuschel. Neugierig blicke ich den spiralförmig geschwungenen Gehörgang hinab. Meine Mission kann beginnen! Ruhig aber bestimmt suggeriere ich Hadwin immerzu denselben Satz ins Ohr:

„Ich, Spinderella Spinn von Spinnentier, bin deine weibliche Hausspinne.

Ich, Spindarella Spinn von Spinnentier, bin deine weibliche Hausspinne.
Ich, Spindarella Spinn von Spinnentier, bin deine weibliche Hausspinne.

Ich, Spindarella Spinn von Spinnentier, bin deine…"

Ich habe gehört, dass der Mensch im Schlaf besonders aufnahmefähig sein soll für Suggestionen. Voll Zuversicht begleite ich Papa Popps Nickerchen mit meinen verbalen Eingebungen. Meine Worte wurden von Mal zu Mal eindringlicher und lauter. Plötzlich schüttelt Papa Hadwin Popp etwas unwirsch seinen Kopf hin und her. Fast hätte er mich abgeworfen! Mein Herz pocht! Erschrocken klammere ich mich im Urwald seiner widerspenstigen Haare fest. Nun schnellt auch noch Papa Popps Arm in die Höhe, seine Augen zucken und seine Hand schlägt wuchtig auf die Ohrmuschel. Das war knapp! Meine Hinterbeine hat er noch erwischt, doch zum Glück habe ich keine Verletzungen davongetragen. Hastig eile ich über das struppige Haupt meines ersten „Klienten". Immer wieder durchstreifen Hadwins Finger die Haarpracht, aber ich schaffe es auf die rettende Rückenlehne des Sofas.

Während ich hurtig die Rückwand hinunter krabble, erwacht Papa Popp von seinem Nachmittagsschläfchen. Verstört und schlaftrunken fährt er sich abermals durch das Haar: „War da was?", fragt er sich laut. Katze Minki, die in diesem Moment ebenfalls auf ihrer geliebten Ofenbank erwacht ist, sieht ihn verständnislos und irritiert mit großen Augen an. „Was hat er bloß, der Herr des Hauses?", wundert sich Minki. Sie war doch nicht einmal in seiner Nähe! Wahrscheinlich hat er schlecht geträumt, der Arme. Minki ist der Überzeugung, dass dies davon kommt, weil die Menschen immer so „unter Strom" stehen. Ständig gestresst und immerzu mit irgendwelchen Arbeiten beschäftigt. Wenn sie dann doch einmal zwischendurch zur Ruhe kommen, dann plagen sie Albträume, weil ihr Unterbewusstsein gar nicht so viel auf einmal verarbeiten kann! Selber Schuld! Die getriebene Menschheit sollte sich etwas vom Lebensrhythmus der

Katzen abschauen und sich tagsüber mehr Pausen gönnen! „Sogar dieses verrückte Spinnentier weiß, wie wichtig Ruhephasen für Körper und Seele sind", ätzt Minki und würde Hadwin Popp am liebsten mal ordentlich den „Kopf waschen"! Doch ihr Mitleid mit Hadwin überwiegt. Sie springt von der Ofenbank, trabt hinüber zum Sofa und mit einem Satz springt sie hinauf zu Papa Hadwin Popp, um ihn laut schnurrend zu liebkosen. Dieser fühlt sich geschmeichelt und dankt es Minki mit Streicheleinheiten. Katze Minki hat ja von meinem „Schlachtplan", dem Suggestionsversuch an Hadwin, nichts mitbekommen, da sie ebenfalls tief und fest geschlafen hatte. Darum wusste sie auch nicht, dass diesmal ich an Papa Popps Hochschrecken von seinem Nickerchen schuld war.

Ich hocke unterdessen wieder in meinem Bau und lasse meine Suggestionsstunde an Papa Hadwin Popp Revue passieren. „Für das erste Mal war es gar nicht so schlecht!", spreche ich mir vor lauter Überzeugung ein lautes Lob aus. Ja, es ist schon in Ordnung, sich selbst gelegentlich zu loben, das tut der Seele gut!

Ich bin gespannt, ob Hadwin Popp mich bei unserem nächsten Zusammentreffen als weibliches Spinnentier erkennt. Es wäre zumindest schon mal ein Anfang. Das mit dem richtigen Namen bekomme ich dann hoffentlich auch noch hin! Einen Schritt nach dem anderen! Aber wie soll ich es anstellen, um schnellstens herauszufinden, ob die Suggestion geklappt hat. Geduld ist nicht gerade meine Stärke. Ich muss es heute noch wissen! Am besten noch ehe die restliche Familie hier eintrudelt. Er hat mir doch hoch und heilig versprochen, dass er mir nichts zuleide tut, außer er würde von seiner Familie zum Auftragskiller bestellt!

Papa Popp hat sich inzwischen vom Sofa erhoben und war in die Küche gelatscht, um sich ein Bier zu holen. Minki hat ihn freudig verfolgt in der Hoffnung, ein Leckerli zu ergattern. Eine Belohnung für ihre Fürsorge hätte sie sich schon verdient. Ich nutze die Gelegenheit und krabble unter dem Sofa hervor. Ich stelle mich unter dem Fernseher in Pose, und zwar so, dass ich meine Weiblichkeit besonders gut präsentieren kann!

Schon wenige Augenblicke später kann ich Hadwins schlurfende Schritte in Richtung Wohnzimmer vernehmen. Unterdessen höre ich Minki in der Küche noch laut schmatzen. Offensichtlich ist ihr Plan aufgegangen.

Schon wirft Hadwins Körper einen Schatten über mich. Er betätigt manuell sein Fernsehgerät und setzt sich wieder auf das Sofa. Nun entdeckt er mich und meint: „Na, auch nochmal unterwegs, bevor die Feinde nach Hause kommen? Balduin, Balduin, du bist ein richtiger Draufgänger! Mir wäre es wirklich lieber, du verkriechst dich auch in meiner Gegenwart, Sportsfreund. Nutze meine Gutmütigkeit nicht aus, so ein schöner Anblick bist du nun wirklich nicht!"

Das hat gesessen! Ich dachte, er mag mich ein bisschen. Doch anscheinend werde ich von ihm nur geduldet. Da hatte ich offensichtlich zu viel Sympathie hineininterpretiert. Ich bin wirklich enttäuscht! Beleidigt krabble ich in Richtung Ofen. Ich schaffe es nicht auf ihn zuzulaufen, um unter das Sofa zu verschwinden. Ich möchte nach diesem seelischen Tiefschlag nicht in seiner Nähe sein.

„Na, hast du ein neues Versteck?", ruft mir Hadwin hinterher. „Mir kommt vor, du zickst gerade herum! Zickig wie eine Frau! Um Gottes Willen, noch ein Weib im Hause Popp! Wo soll das noch hinführen?!?

So wird aus meinem Balduin eine Spinni. Spinni die Dritte!" Hadwin Popp muss über seine neugewonnene Erkenntnis lachen, macht genussvoll einen großen Schluck von seinem Bier und lehnt sich entspannt zurück.

Ich hingegen weiß nicht recht, ob ich mich über den Teilerfolg meiner Suggestion freuen soll, oder ob ich wütend auf Papa Popp sein sollte. Solche Beleidigungen am laufenden Band muss ich nun wirklich nicht einfach so hinnehmen. Auch ich habe meinen Stolz! Meine Rache wird fürchterlich sein! Erholsame Nickerchen auf dem Sofa kann sich der gute Mann in nächster Zeit in meiner Gegenwart abschminken, so wahr ich Spindarella Spinn von Spinnentier heiße!

Die darauffolgenden Tage hatte ich es mir zur Aufgabe gemacht, Papa Hadwin Popp bei seinen Nachmittagsschläfchen so gut es ging zu stören. Er hat die Angewohnheit, dass er es sich auf dem Sofa bequem macht, wenn er von der Arbeit nach Hause kommt. So findet er etwas Entspannung, bevor seine Rasselbande plus ständig nervender Ehefrau in ihrem gemeinsamen Heim eintreffen. Doch damit war nun Schluss! Kaum vertieft sich seine Atmung, komme ich ins Spiel! Schadenfroh krabble ich auf Hadwins Kopf herum. Kitzle ihn am Ohr, an der Nase, krabble über seinen weichen Mund und über die stacheligen Bartstoppeln. Dann wühle ich in seiner struppigen Mähne. Dieses trockene borstenähnliche Haar fasziniert mich immer wieder aufs Neue. Dieser Mann hat es notwendig, mich graziöses Spinnentier so derartig zu beleidigen. Hat er sich schon mal in den Spiegel geschaut?!

Auf jeden Fall störe ich permanent seinen Schlaf, obwohl es kein ungefährliches Unternehmen ist. Doch er hat diese Abreibung verdient! Denn mit einer Spindarella Spinn von Spinnentier legt man sich nicht an!

Papa Popp wurde schnell klar, dass nur ich etwas mit seinem unruhigen Schlaf zu tun haben kann. Eine Fliege war ja offenbar keine im Raum. Nun ist er wirklich genervt von meiner Gegenwart und er droht mir mit ernster Miene: „Spinni, ich warne dich, treibe es nicht an die Spitze! Noch einmal und du warst die längste Zeit die von mir geduldete Hausspinne der Familie Popp! Dann kannst du schon mal dein Testament machen, das schwöre ich dir!"

Okay, nun ist es wohl genug. Hadwin hat ja seinen Denkzettel bekommen. Ich gebe mich geschlagen und beende reumütig meinen Rachefeldzug gegen ihn. Etwas betrübt kauere ich nun in meinem Bau. Dass Papa Hadwin Popp so derartig wütend auf mich ist, das wollte ich nicht. Bisschen ärgern wollte ich ihn schon, doch anscheinend bin ich über das Ziel hinausgeschossen. Ich werde die nächsten Stunden lieber in meinem Domizil bleiben und mich ruhig verhalten. Hadwin wird gar nichts von meiner Anwesenheit bemerken. Dann ist er mir hoffentlich bald wieder wohlgesinnt. Schade aber auch, dass sich keine Fliege oder so eine lästige Gelse in das Zimmer verirrt hat. So könnte ich sie killen und fressen, damit Hadwin wieder meinen Nutzen erkennt. Allzu gerne hätte ich Papa Popp als Entschuldigung so ein nervtötendes, von mir erlegtes Insektenvieh präsentiert. Ich muss um seine Gunst kämpfen, das war mir bewusst. Immerhin sind er und Katze Minki meine einzigen Verbündeten in diesem Haus - mehr oder weniger!

Kapitel 4

Der ungebetene Gast

Es ist Wochenende. Draußen ist es kalt, stürmisch und es regnet. Ein richtiges Sauwetter, wie Papa Popp zu sagen pflegt. An solchen Tagen ist es das Beste, wenn ich meinen Trichterbau nicht verlasse. Es ist einfach zu viel los für unentdeckte Ausflüge. Die Kinder wuseln ständig durch das Haus und auch Mama Ulla Popps Verhaltensweisen sind schwer einzuschätzen. Einmal läuft sie mit meinem Erzfeind, dem Staubsauger, durch jedes Zimmer, dann wieder ist kein Kasten in diesem Haus vor dem Staubwedel sicher. Wie von Sinnen fegt sie durch das Haus. Nur Papa Popp ändert kaum etwas an seinen Gewohnheiten. Auf ihn ist Verlass! Er hat es sich auf dem Sofa gemütlich gemacht, gönnt sich ein kleines Bier und verfolgt im Fernsehen äußerst konzentriert einen Actionfilm. Damit er vom Putzwahn seiner Angetrauten nicht sonderlich gestört wird, hat er vorsichtshalber schon seine Füße in die richtige Position gebracht. So, dass Ulla in einem Schwung an ihm vorbeifegen kann. Denn wenn sie seine Beine in ihrer Arbeit behindern, führt dies stets zu einem Streitgespräch. Ulla fallen dann alle möglichen Arbeitsaufträge für Hadwin ein, damit auch er sinnvoll beschäftigt ist. Papa Popp versucht diesen Konflikt mit seiner Frau tunlichst zu vermeiden. Ulla nur nicht in die Quere kommen, wenn sie im Putzrausch ist! Das ist Papa Popps oberstes Gebot für ein ruhiges, harmonisches Wochenende.

Auch Katze Minki verzieht sich angewidert in die Katzenhöhle ihres Kratzbaumes. Papa Popp hatte in Teamarbeit mit Sohnemann Timon dem Katzentier einen wahren Palast gebaut. Der „Traum jeder Katze" erstreckt sich über drei Etagen mit einer geräumigen Katzenhöhle, einem Rohr und einer Spielecke, welche verbunden ist mit dem Highlight des Kratzbaumes, einer Hängematte. Die gesamte Konstruktion ist mit weichem Plüsch überzogen und die Steher wurden mit einer kompakten Sisalschnur straff umwickelt, damit sich Minki ihre Krallen schärfen kann. Ein Meisterwerk der Poppschen Bastelkünste!

Doch Mama Ulla dringt völlig ungeniert in Minkis Privatsphäre ein. Rücksichtslos fährt sie mit der Staubsaugerdüse den gesamten Kratzbaum ab. Sogar in der Höhle stochert sie mit diesem Ding herum. Dass Katze Minki ängstlich in deren hintersten Ecke kauert, stört sie nicht im Geringsten. Wenn Ulla Popp mal in Fahrt ist, lässt sie sich von nichts und niemandem aufhalten!

Ich verspüre tiefstes Mitgefühl mit meiner Katzenfreundin. Ich überlege, ob ich mich kurz zeigen soll, um Mama Ulla von Minkis Kratzbaum wegzulocken. Ich müsste aber verdammt schnell sein bei meiner anschließenden Flucht hinter den rettenden Vorzimmerschrank. Sonst mache ich ungewollt Bekanntschaft mit meinem Erzfeind und sehe dessen Düse von innen, ehe ich das strahlende Licht des Spinnenhimmels erblicke. Doch ich weiß um meine Schnelligkeit! Ich muss nur die Zeit von Mama Ullas Schockstarre nutzen, um hinter den Kasten zu krabbeln. Dieses schwere Mobiliar kann nicht einmal Papa Popp so ohne weiteres nach vor schieben, falls ihn Mama Popp als Killer auf mich ansetzt. Denn wenn ihm seine Frau Ulla einen solchen Auftrag erteilt, darf er ihr nicht widersprechen. Das hatte er mir zuvor schon klar gemacht. Wahrscheinlich hat Papa Hadwin Angst davor, von Mama Ulla gefressen zu werden, falls er ihr nicht gehorcht. So etwas verstehe ich nur zu gut!

Während ich mein „Kopfkino" mit meinem geistigen Auge verfolge, rührt Mama Ulla schon wieder wie besessen mit der von uns Haustieren verhassten Staubsaugerdüse in der Katzenhöhle herum. Ich höre Minki erst leise wimmern, gefolgt von einem bedrohlichen Pfauchen. Mama Ulla scheint Minkis Protest ziemlich egal zu sein, sie werkt unbeirrt weiter. Nein, ich kann das nicht mehr mit ansehen! Ich muss das jetzt tun! Minki, ich komme!!!

In dem Moment, als ich losstarten will, stürmt Klein-Sabinchen laut brüllend in den Vorraum und vergräbt heulend ihren Kopf zwischen Ullas Beine.

„Der Timon hat mir meine Buntstifte weggenommen und behauptet, es wären seine!", petzt Sabinchen.
Mama Ulla stellt den Staubsauger ab, um ihre Tochter zu trösten und Timon zu tadeln. Was Sabinchen wie auf Knopfdruck ein siegessicheres Grinsen ins Gesicht zaubert. Timon muss auf der Stelle alle Buntstifte zurückgeben und sich bei seiner kleinen Schwester angemessen entschuldigen, ansonsten trifft ihn der Zorn seiner Mutter. Dies möchte Timon auf keinen Fall herausfordern. Er gibt klein bei und tut, was er tun muss. Triumphierend blickt ihm Sabinchen tief in die Augen, sie kann sich diesen hämischen Gesichtsausdruck nicht verkneifen. Dieses kleine Biest hat es faustdick hinter den Ohren! In Wahrheit borgte sie Timon bereitwillig ihre Stifte. Nur aus Rache, da er ihr nicht das gewünschte Bild malte, veranstaltete die kleine Dramaqueen diese filmreife Szene. Beim Anblick solcher Krokodilstränen ihres Nesthäkchens schmilzt Ullas Mutterherz in Sekunden. In so einem Fall hinterfragt Mama Ulla niemals den Wahrheitsgehalt der ihr von Sabinchen aufgetischten Geschichte. - Was schließen wir daraus? - Sohnemann Timon zieht für gewöhnlich den Kürzeren.

Wie auch immer! Katze Minki kann aufatmen, der Terror hat ein Ende. Ich erspare mir dieses riskante Manöver und Papa Popp bleibt von Mama Ullas Tötungsauftrag verschont. Die hätte den Armen mit Sicherheit sofort auf mich angesetzt. Dank der beiden kleinen Streithähne ist uns dieses unschöne Szenario erspart geblieben. Obwohl, Timon tut mir schon ein bisschen leid!

Erst dachte ich, Mama Ulla hätte sich für heute genug ausgetobt. Es war ja ohnehin schon das ganze Haus blitzblank! Doch nach einer kurzen Schaffenspause mit Kaffee und Kuchen legt Mama Ulla auch schon wieder los.

Papa Popp spielt mit seinem Nachwuchs „Mensch ärgere dich nicht", um Mama Ulla den Rücken frei zu halten. Auch er möchte, dass seine Frau mit dem Hausputz fertig wird, damit endlich der harmonische Teil des Tages beginnen kann. „Was ist das bloß für ein Wochenende? Da wäre es ja im Büro viel gemütlicher!", murrt er.
Eine Stunde später hat Ulla es schon fast geschafft. Nur noch die Küche und den Vorraum aufwischen, dann ist sie vollends zufrieden mit sich und dem glänzenden Heim. Damit der Trockenvorgang der Böden rascher vorangeht, öffnet sie die Eingangstür. Katze Minki ist darüber „not amused" und begibt sich sichtlich genervt zu der restlichen Familie ins Wohnzimmer. Die Ofenbank ist immer eine Option, um Ruhe zu finden. Als es nach einiger Zeit auch im Wohnzimmer so richtig ungemütlich kalt wird, reißt Hadwin Popp der Geduldsfaden und er ruft laut und bestimmt: „Tür zu!!!"
„Ja, ja, ja, jetzt sei nicht so empfindlich, einmal am Tag gehört ordentlich durchgelüftet!", erwidert Ulla Popp. Doch um nicht noch mehr Unmut auf sich zu ziehen, sieht Mama Ulla ein, dass es wirklich genug ist für heute. Nun ist „Familytime"! „Wir könnten uns alle vier

zusammenkuscheln und einen netten Heimkinonachmittag machen, was haltet ihr davon?", fragt sie in die Runde. Alle sind begeistert, manchmal hat Mama Ulla die besten Ideen! „Okay! Papa sucht mit euch einen tollen Film aus und ich sorge für unser leibliches Wohl!", trällert Mama Ulla auf dem Weg in die Küche. Sie mixt Smoothies und füllt einen Krug mit leckerer Zitronenlimo. Bald darauf strömt auch schon der Duft von frischem Popcorn in den Raum. Einfach perfekt! Die Vorfreude aller ist groß! Der Film ist schon abspielbereit. Papa Hadwin Popp baut noch mit seinen Kindern ein gemütliches „Familienlager". Nebenan stellen sie kleine Tischchen für die Getränke und Knabbereien auf. „Tataaaa!", Mama Ulla serviert eine riesengroße Schüssel voll Popcorn und bringt danach die Getränke. „Ich hole die Gläser!", ruft Klein-Sabinchen und ist ganz hippelig vor Vorfreude.

„Nein danke, lass nur! Das ist zwar lieb von dir, doch die sind zu hoch oben im Regal. Da kommst du nicht ran. Macht es euch gemütlich, ich hole sie!", erwidert Mama Ulla und verschwindet frohen Mutes abermals in die Küche.
Plötzlich ertönt ein gellender Schrei, gefolgt von einem lauten Klirren! Wie von einer Tarantel gestochen springt Papa Hadwin Popp in einem Satz auf und ruft entsetzt: „Ulla, was ist passiert!?"
„Komm schnell, eine riesige Spinne!!!" Ich rühre mich hier nicht mehr vom Fleck, bis du dieses grausige Vieh getötet hast!"

Ich meine, so eine Androhung kann auch nach hinten losgehen. Aber Papa Hadwin Popp würde es nie wagen, seine Ulla in der Ecke versauern zu lassen.

„Ulla, die tut dir doch nichts. Die sind eigentlich ganz nützlich. Hat man eine Hausspinne, so hat man keine Fliegen im Haus!"

„Fliegen stören mich nicht im Geringsten! Jetzt eliminiere endlich dieses gruselige Biest!", brüllt Ulla.

„Bleib ruhig, ich fange sie und bringe sie nach draußen. Ich mach das schon, keine Bange! Ich brauche nur ein geeignetes Gefäß, um sie einzufangen", versucht Papa Hadwin nochmals beruhigend auf seine Ulla einzuwirken.

Mama Ulla klettert unterdessen sicherheitshalber auf ein Küchenkasterl und drängt sich so gut sie kann in die Ecke. Nur so weit weg wie möglich von dieser Bestie! Auch Sabinchen quietscht mittlerweile hysterisch im Wohnzimmer. Timon findet die Akrobatikeinlage seiner Mutter allerdings lustig.

„Jetzt beeile dich! Das machst du extra!", pfaucht Ulla Hadwin wütend an. „Was mache ich extra?", langsam aber sicher wird Hadwin grantig.

„Das habe ich schon schneller gesehen!", wettert Ulla weiter.

„Ich habe ein geeignetes Gefäß gefunden", redet Hadwin nun beschwichtigend auf Ulla ein.

„Schau, ich habe sie gefangen", triumphierend hält Hadwin Ulla das Glas mit der Spinne hin, „schau doch!"

Angewidert dreht sich Ulla weg: „Jetzt verschwinde mit dem Mistvieh!", schreit sie ihn an.

Kopfschüttelnd und leise vor sich hin schimpfend trabt Hadwin mit der Spinne zur Eingangstür hinaus und setzt das Krabbeltier in Nachbars Garten aus.

„Wir können uns nun alle wieder beruhigen, die Spinne ist weg!",
verlautbart Papa Hadwin, als er wieder das Haus betritt.
„Was ist jetzt, schauen wir nun den Film oder nicht?", ruft Timon.
Nachdem Mama Ulla sich von ihrem Fluchtort heruntergewagt hat,

kehrt sie die Scherben vom Boden auf. Dann schnappt sie neue Gläser und gesellt sich zu den anderen ins Wohnzimmer, als ob nichts gewesen wäre.

„Kann schon losgehen! Welchen Film habt ihr ausgesucht?", fragt sie neugierig.

„Spiderman und Spiderwoman!", kann es sich Timon nicht verkneifen. Dafür erntet er einen mahnenden Blick von seiner Mutter.
„N e i n!!!", brüllt Sabinchen .
„Frieden! Jetzt ist aber Schluss!", versucht Hadwin Popp seine Familienbande dazu zu bringen, sich wieder einzukriegen und drückt rasch auf den Play-Knopf seiner Fernbedienung, um die DVD zu starten.

Ich aber verweile noch immer im Vorzimmer. Wer war dieser Besucher? Diese Spinne muss in der Zeit, wo die Haustüre offenstand, herein gekrabbelt sein. Wahrscheinlich wegen den äußerst widrigen Wetterverhältnissen. Eine „riesige Spinne" hat Mama Ulla gebrüllt. Dieser unliebsame Gast war nur halb so groß wie ich! Da kann ich mir gleich ausmalen, wie Ulla wohl auf mich reagieren würde. Ich werde mein Versteck erst verlassen, wenn alle oben in ihren Schlafzimmern verweilen und tief schlummern. In der Nacht kann ich in aller Ruhe in meinen Trichterbau spazieren, ohne es herauszufordern entdeckt zu werden. Das war sicher die klügere Variante. Und gleich morgen Früh muss ich mich bei Papa Hadwin Popp bemerkbar machen. Nicht, dass er noch glaubt, er hätte mich hinausgeschmissen. Ich möchte nicht, dass ihn sein schlechtes Gewissen plagt und er sich womöglich Sorgen um mich macht. Obwohl, wenn er nur ein bisschen Spinnenkenntnis hat, dann müsste er gemerkt haben, dass dieser „Winzling" unmöglich Spindarella Spinn von Spinnentier sein konnte!

Kapitel 5

Strapaziöse Tage für Spindarellas äußerst empfindliches Riechorgan

Die unwirtliche Wetterlage lädt diverse Viren dazu ein aktiv zu werden. Doch davon will Mama Ulla Popp nichts wissen.

„Auf auf, frische Luft hat noch niemandem geschadet! Gerade in der kalten Jahreszeit ist es wichtig Abwehrkräfte zu sammeln und Vitamin D zu tanken! Eine Stunde am Tag ins Freie zu gehen ist das Minimum. Unser Organismus braucht das Tageslicht! Dann hockt ihr ohnehin wieder den restlichen Tag in der Stube. Als wir Kinder waren, verbrachten wir den ganzen Tag draußen. Bei jedem Wetter! Erst wenn es dunkel wurde, gingen wir ins Haus. Hat es uns geschadet? Nein! Wir waren nie krank", so belehrt Mama Ulla ihre Familienbande.

Okay, Hadwin Popp und die Kinder haben es begriffen. Jeder Widerstand ist zwecklos! Familie Popp hüllt sich in ihre dicken Daunenmäntel, dann vermummen sie ihre Gesichter mit kuscheligen Wollschals, ziehen sich die Hauben weit über die Stirn, schlüpfen in ihre Handschuhe und in die warm gefütterten Schneestiefel. Nun steht Mama Ulla Popps Outdoor-Programm für ihre Familie nichts mehr im Wege.

„Es gibt kein schlechtes Wetter, nur schlechte Kleidung", trällert Mama Ulla, während sie hochmotiviert das Haus verlässt. Lustlos tapst der Rest der Familie hinterher. Zuvor versucht Mama Ulla noch das Katzentier zu einem Spaziergang zu überreden. Dieser Blick, den sie daraufhin von Katze Minki erntet, sagt mehr als tausend Worte. Haarsträubend verkriecht sich Minki in ihrer Katzenhöhle. Recht hat sie! Wenigstens sie bietet Mama Ulla Paroli. Katzen sind eigensinnige

Wesen, die lassen sich zu nichts zwingen, was sie nicht wollen. Hut ab, starker Charakter! Diese Eigenschaft bewundere ich an Katzendame Minki.

Nun haben wir sturmfreie Bude. Übermütig veranstalten wir eine kleine Verfolgungsjagd. Dieses Spielchen mit Minki macht von Mal zu Mal mehr Spaß. Sie kann mittlerweile schon ganz gut mit mir umgehen. Wenn sie mich stupst, ist sie extrem vorsichtig, um mich nicht zu verletzen. Ich denke, das ist auch in ihrem Sinne, damit sie mich nicht als Spielpartnerin verliert.

Als es mir zu viel wird, ziehe ich mich in mein Versteck zurück und Minki akzeptiert das.

Nun schlummern wir zufrieden und genießen die Ruhe. Langsam dämmert es draußen. Wo bleiben die Popps? Die müssen doch schon total durchgefroren sein. Sie waren zwar allesamt gut eingepackt, doch dieser Sturm, der zurzeit über das Land fegt, war nicht von schlechten Eltern. Langsam bekomme ich Mitleid mit Papa Hadwin und den Kindern. Endlich höre ich den Schlüssel im Türschloss. Da sind sie wieder! Es scheint ihnen gut zu gehen. Ihre Wangen leuchten knallrot und ihre Nasen haben eine leichte Lilafärbung. Sabinchen jammert wegen ihrer kalten, durchnässten Füße und Timon klagt über seine steifgefrorenen Finger.
„Ich koche einen guten Tee, damit euch schnell wieder wohlig warm wird. Und als Belohnung bekommt ihr alle einen leckeren Schokokuchen mit viel Schlagobers. Gebt es endlich zu, es war schon ein toller Nachmittag! Das nächste Mal nehmen wir die Rodeln mit", flötet Mama Ulla Popp. Sie hat heute offensichtlich noch nichts von ihrer Motivation eingebüßt. Sie stellt Wasser für den Tee auf und Papa Hadwin lässt sich erschöpft auf dem Sofa nieder. Die Kinder gesellen

sich zu Minki auf die Ofenbank. Ich bin froh, dass ich kein „Kuscheltier"
bin. Denn Minki ist nicht sehr glücklich darüber, dass die Kinder ihre
eiskalten Hände in ihrem warmen Fell vergraben.
„Minki, du bist so kuschelig warm!", frohlocken die beiden. Auf diese
Liebkosungen hätte Minki gerne verzichtet. Sie mag es ohnehin nicht
sonderlich, wenn sie so unsanft aus dem Schlaf gerissen wird.

Der Abend verläuft ruhig und harmonisch. Die Popps sind erschöpft
von ihrer ausgiebigen Aktivität an der frischen Luft und ziehen sich
relativ früh in ihre Schlafgemächer zurück. Minki genießt es und streckt
genüsslich ihre Beine von sich. Sie macht sich lang und beschlagnahmt
nun die gesamte Ofenbank. Ich nutze die nächtlichen Stunden, um
einen Rundgang im Erdgeschoß zu unternehmen. Langsam wird es Zeit,
wieder auf Beutezug zu gehen. Es wäre ja gelacht, wenn ich nicht noch
den einen oder anderen Snack aufspüre! Und tatsächlich, meine
Menüfolge des heutigen Tages beziehungsweise für die heutige Nacht
lautet: Gelsenhäppchen vom Weibchen als Vorspeise, zur Hauptspeise
schockgefrostete Fliege klassischer Art, dazu ein Cuvee aus
Orchideennektar. Köstlich! Zufrieden begebe ich mich in mein
Quartier, um mich nun ebenfalls zur Ruhe zu begeben.

Am Morgen erwache ich durch einen furchtbaren Gestank. Was ist
denn nun schon wieder los? Jeder Tag hier in diesem Haus birgt eine
neue Überraschung! Wenn auch meist eine unangenehme. Was ist der
Grund für diese olfaktorische Beleidigung meines Riechorgans? Und
warum sind noch alle zu Hause an diesem Morgen? Außer Papa Popp,
der dürfte schon außer Haus sein. Hadwin schwimmt so ziemlich auf
meiner Wellenlänge, er ist bestimmt vor dieser intensiven
Geruchsbelästigung geflohen.

Ich krabble unter das Sofa und beobachte das Geschehen. Ich muss herausfinden, weshalb Mama Ulla, Sabinchen und Timon beschlossen haben, Minki und mir heute den ganzen Tag über Gesellschaft zu leisten. Doch die Frage aller Fragen die mich beschäftigt ist: Woher kommt dieser Gestank? Ich erspähe am Ofen einen großen Topf mit Wasser. Mit stinkendem Wasser! Welches durch die Erwärmung noch intensiveren Gestank verströmt. Es ist ein scharfer, beißender Geruch, der mir fast die Luft zum Atmen nimmt. Meine empfindlichen Augen tränen so stark, dass ich meine Umgebung nur sehr verschwommen wahrnehmen kann. Katze Minki schläft noch friedlich auf der Ofenbank. Hat dieses Katzenvieh etwa ihren Geruchssinn verloren? Ich habe noch nie zuvor ein so phlegmatisches Wesen gesehen! Hauptsache, sie hat ein wohlig warmes Plätzchen, alles andere kümmert sie nicht im Geringsten. Über mir auf dem Sofa vernehme ich ein leises Wimmern, gefolgt von einem lauten „Hatschiiiii!". Tausende winzige Tröpfchen landen auf dem Parkettboden. Durch den Sonnenstrahl, der den Raum durchflutet, kann ich die mit Virenmaterial beladenen Tröpfchen glänzen sehen.

„Halte dir doch bitte die Hand vor, Liebes, du steckst uns noch alle an mit deinen Bazillen!", ermahnt Mama Ulla Sabinchen, während sie, offensichtlich auch schon angeschlagen, ins Wohnzimmer schlurft, um ihrer kranken Tochter eine Tasse Tee zu bringen.

„Bazillenschleuder, Bazillenschleuder!", äfft Timon hinterher, was ihm einen Verweis von seiner Mutter einbringt. Als Timon daraufhin seiner Mutter noch schulmeisternd erklärt, dass es sich um Viren handle und nicht um Bazillen, platzt Mama Ulla der Kragen und Timon fasst Fernsehverbot aus.

Es ist wahr! Sabinchen ist krank! Wo ist nun diese Abwehrkraft, die die Popps gestern den ganzen Nachmittag über gesammelt haben? Mama Ulla brütet anscheinend ebenfalls schon einen grippalen Infekt aus. Nur Sohn Timon scheint noch einigermaßen fit zu sein. Er ist vorsichtshalber prophylaktisch zu Hause geblieben. Allerdings begreift mein kleines Spinnenhirn diese Logik nicht. Gerade hier ist er doch in der Höhle des Löwen – ach nein – der Viren gefangen! In der Schule wäre es um einiges gesünder für ihn gewesen. Aber das raffinierte Söhnchen der Familie Popp lässt keine Gelegenheit aus, um sich vor der Schulbank zu drücken. Durch die morgendliche Krisensituation wegen plötzlicher Krankheitsfälle war Papa Popp spät dran. Den Sohnemann bei seiner Schule abzuliefern passte nicht mehr in sein Zeitfenster, und dieser hätte es zu Fuß nicht rechtzeitig dahin geschafft. Also war die logische Konsequenz für Timon: Besser gleich zu Hause bleiben als zu spät zu kommen! Deshalb erklärte er seinen Eltern, dass es auf jeden Fall besser wäre, wenn er zu Hause bliebe. Denn wer sollte ihn von der Schule abholen, falls bei ihm die Krankheit ebenso schnell ausbricht? Papa Hadwin kann vom Büro nicht weg, und Mama Ulla darf sein krankes Schwesterchen nicht alleine lassen. Timon war schon ein ausgefuchstes Kerlchen und mit großer Überzeugungskraft ausgestattet.

Sabinchen entpuppt sich als brave Patientin. Mit glasigen Augen und knallroter, tropfender Nase sitzt sie in eine warme Decke gehüllt auf dem Sofa und schlürft Schluck für Schluck ihren Tee.
„Boahhh", dieses Gesöff bekäme ich im Leben nicht hinunter! Also diese Menschen sind die reinsten Masochisten, muss ich feststellen! Wie kann man nur so ein stinkendes Gebräu trinken?!? Davon wird man doch erst so richtig krank! Ich hasse Zitronenduft! Dieser

vermischt sich nun auch noch mit dem furchtbaren, beißenden Eukalyptusduft vom großen Topf am Ofen. Ekelhaft!

Sabinchen beklagt sich nun bei Mama Ulla, dass mit großer Wahrscheinlichkeit ihr gestriger Ausflug bei diesem eisig kalten Mistwetter schuld an ihrer schweren Verkühlung sei.

„Krank von der frischen Luft? Niemals!!! Das kommt davon, weil ihr immer und überall alles anfasst, ohne euch danach die Hände zu waschen. Die Viren an euren Händen müssen sich ja fühlen wie im Schlaraffenland!", erwidert Mama Ulla.

„Aber Mama, bei dir wohnen auch schon Viren!", stellt Sabinchen krächzend fest.

„Das ist etwas anderes!", tut Mama Ulla Sabinchens Feststellung mit einer abwehrenden Handbewegung ab.

Ich krabble in einem günstigen Augenblick zu Minki auf die Ofenbank und weiter zu ihrem Ohr.

„Minki, wie lange dauert in der Regel so eine Epidemie? Gibt es da schon Erfahrungswerte?"

Oh Gott! Minkis Fell hat schon den scharfen Geruch von Eukalyptus angenommen. Das arme Ding! Ich hätte mich auf der Stelle kahlgeschoren! Doch Minki scheint das kalt zu lassen. Wie kann man nur so unempfindlich sein? Oder empfindet sie diesen Gestank etwa auch für angenehm?

Auf jeden Fall hat Minki keine Antwort auf meine Fragen parat.

Timon nutzt die Gunst der Stunde, in der Mama Ulla all ihre Aufmerksamkeit auf sein krankes Schwesterchen richtet, um unbemerkt die Naschlade zu plündern. Normalerweise wird die Lade von Mama Ulla strenger bewacht als Fort Knox! Nur bei „guter

Führung" wird der Genuss von einem Schokoriegel pro Tag von ihr gewährt. Gierig schiebt er sich einen Riegel nach dem anderen in seinen Mund. Heute ist wohl so etwas wie sein persönlicher Feiertag! Timon weiß noch nicht recht, wie er später den sonderbaren Schwund in der Naschlade erklären soll, doch das überlegt er sich erst, wenn Erklärungsbedarf ist. Jetzt ist jetzt! Und j e t z t hat er unbändige Lust auf Süßigkeiten, die es zu stillen gilt!

Kurze Zeit später stellen sich bei Timon fürchterliche Bauchschmerzen ein. Nach dem Verzehr von einer ungeheuren Menge Schokoriegel und dazu diversen Softdrinks war seine Unpässlichkeit vorprogrammiert. Mama Ullas Argusauge ist die blasse Gesichtsfarbe ihres Sohnes nicht entgangen. Von einer Sekunde auf die andere war Mama Ullas vorangegangener Ärger über Timon vergessen.

„Du wirst doch nicht auch noch krank werden?", fragt sie besorgt.
„Nein Mama, ich habe nur so schreckliche Bauchschmerzen."
Timon hat diesen Satz noch nicht ausgesprochen, da überkommt ihn das Gefühl unsagbarer Reue. Schon wollte er seine Schandtat gestehen, als sich Mama Ulla voll Mitgefühl zu ihm setzt, ihn liebevoll in die Arme nimmt und fest an sich drückt.
„Du Armer, ich mache dir eine gute Tasse Pfefferminztee. Dann wird es dir bald besser gehen", bemitleidet ihn die besorgte Ulla.
Timon genießt die Fürsorge seiner Mutter so sehr, dass er seine Beichte nicht über die Lippen bringt. Man muss nicht alles ausplaudern! Vor allem, wenn man gar nicht dazu befragt wird. Sogar vor Gericht heißt es immer, man müsse nichts sagen, was einen selbst belasten oder schaden könnte. So beruhigt Timon erfolgreich sein schlechtes Gewissen. Vielleicht kann er später das sonderbare Verschwinden der Naschereien Papa Hadwin in die Schuhe schieben.

Auch er ist ein Kandidat, der regelmäßig nächtliche Streifzüge zur Naschlade durchführt. Während Timon halblaut seine Gedanken vor sich hermurmelt, braut Mama Ulla den versprochenen Pfefferminztee und richtet ihm den Thermophor mit dem Teddyplüschüberzug.

Welch furchtbarer Tag! Nun durchdringt auch noch dieser ekelhafte Pfefferminzgeruch den Raum. Ich glaube, die haben sich alle gegen mich verschworen! Wenn Spinnen etwas gar nicht aushalten, so ist das der Duft von Eukalyptus, Zitrus, Pfefferminz, Lavendel und Zimt! Gleich dreien dieser absoluten „No-Go"-Aromen auf einmal ausgesetzt zu sein, stellt schon eine massive Beleidigung meiner feinen Riechhärchen dar. Ganz fies sind auch diese zahlreichen Lavendelsäckchen, die Mama Ulla stets in den Kleiderkästen verteilt. Mama Ulla bringt Sabinchen einige solcher Lavendelsäckchen an ihr Krankenlager. Zur Beruhigung meint sie. Noch dazu soll Lavendel den Schlaf fördern, und viel schlafen macht bekanntlich schneller gesund. Anscheinend habe ich heute die Arschkarte gezogen! Ich bin der Verzweiflung nahe! Irgendwie muss ich es schaffen, unentdeckt in das Obergeschoß zu gelangen. Ich müsste ja masochistisch veranlagt sein, um diesen Gestank hier auszuhalten! Als dann noch Klein-Sabinchen ihre Mutter mit dem süßesten Augenaufschlag aller Zeiten darum bittet, ihr doch ein Apfelkompott mit viel Zimt zuzubereiten, brennen bei mir alle Sicherungen durch. Ich renne los auf „Teufel komm raus"! Mir ist es völlig egal, ob mich jemand von ihnen sieht oder nicht. Ich will nur weg! Weg von diesem abscheulichen Gestank!

Katze Minki springt von der Ofenbank und nimmt meine Verfolgung auf. Sie gibt mir Rückendeckung, indem sie den Popps die Sicht auf mich versperrt. Ich bin dem Katzentier überaus dankbar für ihren Einsatz und krabble eilends die Stiege empor.

Kapitel 6

Spindarellas erste Therapiesitzungen für Mama Ulla Popp

Da es nun durch die intensive Geruchsbelästigung dazu gekommen ist, dass ich in mein Ausweichquartier ins Obergeschoß flüchten musste, wollte ich diese neue Situation positiv nutzen.

Ich beschließe, schon heute die erste Sitzung an Ulla Popp gegen ihre Spinnenphobie durchzuführen. Bei Papa Hadwin Popp konnte ich zumindest einen Teilerfolg erzielen. Immerhin nennt er mich nun Spinni, was meinem eigentlichen Namen, Spindarella Spinn von Spinnentier, schon ziemlich ähnlich ist. Mit „Spinni" kann ich ganz gut leben! Balduin oder gar Bertl hätte ich auf Dauer nicht ertragen. Auch ich habe meinen Stolz! Die Tatsache, dass Hadwin auf „Spinni" gekommen ist, weil er der Ansicht war, ich zicke herum, tut nichts zur Sache. Irgendwie musste er meine Suggestion mitbekommen haben. Davon bin ich überzeugt! Sonst hätte er mich ja genauso gut „Zicki" nennen können. Ich finde, ich habe das bei ihm gar nicht so schlecht hinbekommen. Für das erste Mal? Es ist noch kein Meister vom Himmel gefallen! Voll Selbstvertrauen krabble ich zur Schlafzimmertür. War ja so was von klar, die Tür ist zu! Heute ist wirklich nicht mein Tag, am liebsten würde ich ihn aus meinem Gedächtnis streichen. Für immer! Mir bleibt nichts anderes übrig, als mich hinter dem Heizkörper neben der Tür zu verstecken. Von der Position aus muss ich geduldig darauf warten, bis jemand diese einen Spalt offen lässt, damit ich in das Schlafzimmer gelange. Das kann dauern! Aber ich lasse den Kopf nicht hängen. Ich habe schon mitbekommen, dass die Popps nachts immer die Tür einen Spalt offen lassen. Wahrscheinlich, um die Kinder zu hören. Mama Ulla muss jederzeit die Kontrolle über alle haben, auch in der Nacht! Gut Ding braucht eben Weile. Ich beschließe, einstweilen ein Nickerchen zu machen. Heute Nacht muss ich einen klaren Kopf behalten. Außerdem kommt viel Arbeit auf mich zu, abgesehen von meiner Therapie-Session. Da laut Minki so eine Krankheitsperiode der Familie Popp doch etwas länger andauert, werde ich auch in den nächsten Tagen nicht in meinen Hauptwohnsitz zurückkehren können. Diesem stechenden, penetranten Geruch möchte ich mich nicht mehr freiwillig aussetzen. Infolgedessen werde ich mir auch im Schlafzimmer von Mama Ulla und Papa Hadwin ein gemütliches Nest schaffen. So kann ich mehrere Nächte hintereinander Mama Ulla mit meinen Suggestionen bearbeiten. Sie ist bestimmt ein schwieriger Fall. Da ist es mit ein, zwei Sitzungen nicht abgetan. Das ist mir durchaus bewusst, so realistisch bin ich! Aber wenn es nützt, ist es die Mühe wert!

Ich musste tatsächlich bis in die Nacht hinein ausharren. Aber dann ist es endlich soweit und ich gelange in das Schlafzimmer. Ich finde schnell ein Plätzchen für meinen Trichterbau. Hinter dem Kasten scheint mir der geeignete Platz dafür zu sein. Von da habe ich es nicht so weit zu Mama Ullas Bett. Der Fluchtweg ist auch optimal. Falls mich Mama Ulla durch irgendwelche Unachtsamkeiten meinerseits doch wahrnimmt, erreiche ich meinen Trichterbau noch ehe sie den Lichtschalter ihrer Lampe betätigen kann. So wird sie das Erlebte als bösen Traum abtun.

Der „Hausbau" ist schnell erledigt. Mama Ulla hat mittlerweile das Licht ausgemacht. Alles läuft nach Plan! Durch ihre tiefen, regelmäßigen Atemzüge kann ich erkennen, dass Mama Ulla im Land der Träume angekommen ist. Nun wird es Zeit für mich aktiv zu werden. Tiefschlafphasen sind optimal für Suggestionen! Ich muss so schnell wie möglich das Kopfende ihres Bettes erreichen. Diese Chance möchte ich mir auf keinen Fall entgehen lassen. Motiviert krabble ich vorsichtig über Mama Ullas Haar bis vor zu ihrer Ohrmuschel. Nun bleibe ich eine Zeitlang ruhig sitzen, um sicher zu gehen, dass sie mein Gekrabbel auf ihrem Kopf nicht bemerkt hat. Alles gut! Mama Ulla atmet tief und gleichmäßig weiter. Ich taste mich noch etwas nach vor und blicke den Gehörgang hinab. Es geht los, ich beginne mit meiner Suggestion.

„Spinnen sind äußerst feinfühlige, harmlose, nützliche Wesen. Spinnen sind äußerst feinfühlige, harmlose, nützliche Wesen. Spinnen sind äußerst feinfühlige, harmlose, nützliche Wesen, Spinnen sind…;

Ich vermeide es diesmal, immer eindringlicher und lauter zu werden. Papa Popp hatte mich dadurch irgendwie wahrgenommen und ich musste meine Sitzung abrupt abbrechen. Vielleicht war das der Grund, dass ich nur einen Teilerfolg erzielte. Heute habe ich mir vorgenommen, immerfort in gleicher Tonlage zu suggerieren. Gleichmäßig, ruhig, aber bestimmt. Das muss das Erfolgsrezept sein!

„Spinnen sind äußerst feinfühlige, harmlose, nützliche Wesen."
Ich spreche diesen Satz so lange in Ullas Ohr, bis mir vor Müdigkeit die Augen zufallen. Ich bin nicht mehr dazu fähig, diesen klaren, einfachen Satz verständlich zu formulieren. Also beende ich für heute die Therapiesitzung. Zufrieden krabble ich das Bett hinab und begebe mich in mein Quartier, um noch ein bisschen Schlaf zu finden. Ich bemerke nicht, wie die Popps am Morgen ihr Schlafzimmer verlassen. In meinem Traum ließ ich mich gerade feiern. Mit vor Stolz geschwellter Brust übernahm ich eine Auszeichnung für den außerordentlichen Erfolg meiner Therapiearbeit an den Menschen entgegen, als ich abrupt durch einen gellenden Schrei aus dem Schlaf gerissen werde.

„Haaaadwin, hol den Staubsauger und mach das weg!"

„Was denn, Ulla?"

„Diese Spinnweben in der hinteren Ecke der Besenkammer! Und der gruselige Bewohner sitzt bestimmt schon lauernd davor!"

Neugierig eile ich ins Treppenhaus und verstecke mich hinter der Bodenvase, um das Geschehen im Erdgeschoß besser mitzubekommen.

Damit die Stimmung nicht schon am frühen Morgen eskaliert, tapst Hadwin artig im Pyjama zum Staubsauger und gehorcht Ullas Anweisungen wortlos.

Ich überlege, ob ich doch einen kleinen Erfolg meiner Therapie an Mama Ulla verbuchen kann? Denn auffällig war, dass Mama Ulla erst die Spinnweben bemängelte und nicht die mögliche Anwesenheit eines Spinnentieres. Mama Ulla Popp hat ja auch noch andere Macken, außer ihrer ausgeprägten Spinnenphobie! Ihren Putzwahn konnte man getrost in die Kategorie „bedenklich" einordnen. Aber diesen zu therapieren war wohl die Aufgabe von Hadwin Popp. Ich kann mich doch nicht um alle Macken seiner Frau kümmern!

„Entspanne dich, Ulla, melde gehorsamst: Spinnweben entfernt! Keinerlei Bewohner gesichtet. Ich vermute, die sind wegen möglicher Verfolgung freiwillig geflüchtet!", grinst Hadwin augenzwinkernd.

Mama Ulla, die noch immer gesundheitlich angeschlagen ist, verträgt zurzeit wenig Spaß.

„Verarschen kann ich mich selber!", meckert sie missmutig Hadwin hinterher.

Sabinchen, die ebenfalls durch Mama Ullas Schrei erwacht ist, stapft die Stiege hinunter und ruft triumphierend: „Mama hat das „A"-Wort gesagt, sie muss nun einen Euro in die „Schimpfe-Kassa" einzahlen!" Eilends holt sie das Sparschwein und fuchtelt damit begeistert vor Mama Ullas Nase herum.

„Komm Mama, das Schimpfe-Schweinderl mag gefüttert werden!", fordert Sabinchen Mama Ulla freudig auf.

Papa Hadwin kann sich das Lachen nicht mehr verkneifen. Auch Timon hat sich mittlerweile zu ihnen gesellt. Denn, dass Mama Ulla auch einmal das Schwein füttern muss, war eine Sensation für die gesamte Familie! Für gewöhnlich frisst das Schwein Timons Taschengeld. Es war eine Genugtuung für ihn zuzusehen, wie Mama Ulla einen Euro zückt, um ihn in den Schlitz am Schweinerücken fallen zu lassen. Damit dieser einzigartige, historische Moment für die Familiengeschichte nicht mehr verlorengehen kann, filmt Timon die ganze Szene mit seinem Handy.

Mama Ulla gibt sich geschlagen. Drei gegen einen, das bringt nichts! Außerdem muss sie sich eingestehen, dass sie vorhin tatsächlich etwas überreagiert hat. Wortlos begibt sie sich in die Küche und bereitet das Frühstück für alle.

Ich mache es mir in meinem Ausweichquartier im Schlafzimmer gemütlich und lasse die morgendliche Szene noch einmal vor meinem geistigen Auge ablaufen. Ich komme zu der Erkenntnis, dass es wohl noch eine Menge an Therapiesitzungen braucht, um einen halbwegs akzeptablen Umgang mit Mama Ulla zu finden. Wahrscheinlich hat meine erste Session nichts gebracht. Ich muss mir diese Niederlage eingestehen. Ich denke, es war schon sehr blauäugig von mir, dass ich in Mama Ullas Reaktion einen Teilerfolg zu erkennen glaubte. Wenn ich das Ganze im Nachhinein nüchtern betrachte, muss ich mir eingestehen, dass ich noch ganz am Anfang stehe.

Aber eine Spindarella Spinn von Spinnentier gibt nicht auf! Im Gegenteil. Kleine Rückschläge bewirken so etwas wie einen Motivationsschub. Sie steigern das Verlangen in mir, es das nächste Mal auf jeden Fall noch besser zu machen! Gestern war auch nicht der ideale Tag, um so ein heikles Unternehmen zu starten. Erst quälte mich den ganzen Vormittag über die Geruchsemission im Wohnzimmer. Es folgte meine spektakuläre Flucht nach oben. Dann die lange Zeit des angespannten Wartens auf den Zeitpunkt, wo ich unbemerkt in das Schlafzimmer gelange. Anschließend war ich mit dem Bau meines Ausweichquartieres beschäftigt, bis ich dann nächtens endlich mit meiner Therapiesitzung beginnen konnte. Irgendwann stoße auch ich an meine Grenzen! Heute soll es anders werden. Tagsüber werde ich mich entspannen. Das einzige, was mich aus meinem Bau locken kann, ist der Hunger. Ich habe auch schon einige Leckereien für mich hier im Schlafzimmer entdeckt. Also wird die Futterbeschaffung heute nicht mit allzu vielen Strapazen verbunden sein. Danach werde ich mir ein ausgedehntes Nickerchen gönnen. Somit sollte ich für die zweite Therapiesitzung in der heutigen Nacht bereit sein.

Da die Luft in den unteren Räumlichkeiten weiterhin von dem grauenvollen Geruch der Krankheit geschwängert war, verbrachte ich die nächsten Tage in gleicher Manier. Am Tag war relaxen angesagt und die Nacht gehörte meinen Therapieeinheiten für Mama Ulla. Nacht für Nacht säuselte ich meine Suggestionen in Ullas Ohrmuschel, bis mir vor Müdigkeit die Augen zufielen.

„Spinnen sind äußerst harmlose, feinfühlige, nützliche Wesen", rede ich wie all die Nächte zuvor auf Mama Ulla ein, als sie plötzlich durch eine Niesattacke wach wird. Ich kann mich durch die Erschütterung nicht am Ohr festkrallen und purzle über Ullas Wange hinab auf den Kopfpolster.

„Haaaadwin, da war was! Mach das Licht an, ich erwische den Schalter nicht!", aufgeregt fuchtelt Ulla mit ihrer Hand am Nachtkästchen herum. Sie versucht verzweifelt ihre Nachttischlampe zu erlangen, doch sie schafft es nicht.

Das ist mein großes Glück! Ich krabble so schnell mich meine Beine tragen zum Kopfende des Bettes. Da, ein greller Lichtschein blendet meine Augen! Papa Hadwin war offensichtlich geschickter als Mama Ulla im Ertasten des Lichtschalters seiner Nachttischlampe im Dunkeln. Ich schaffe es nicht mehr das Bett hinunter zu krabbeln und kauere mich unter Hadwins Kissen. Mama Ulla wirft unterdessen hysterisch ihren Kopfpolster auf den Boden. Da sich unter dem Kopfpolster kein

Krabbeltier befindet, springt sie aus dem Bett. Sie schüttelt die Bettdecke aus und wirft sie ebenfalls auf den Boden. Nun untersucht sie noch das Laken nach verdächtigen Spuren, ehe sie vorsichtig den Polster vom Boden aufhebt, um ihre Schlafstätte neu zu richten.

„Ulla, du hast nur schlecht geträumt! Du machst mich noch ganz verrückt mit deinem Wahn! Wenn du mich nochmal so erschreckst, ziehe ich raus in die Gartenhütte, da habe ich wenigstens meine Ruhe!", schimpft Hadwin.

Kleinlaut gibt Ulla den Befehl: „Licht aus!", zieht sich die Decke über den Kopf und flüstert ein leises „Entschuldige" in Hadwins Richtung, worauf dieser mit einem unwirschen Brummen antwortet.

Ich für meinen Teil habe für heute genug! Das Glück darf man nicht herausfordern, so lautet ein altes Sprichwort, an das ich mich strikt halte. Außerdem zittere ich noch am ganzen Körper; unter diesen Umständen weiter zu arbeiten hätte wenig Sinn.

Die Grippewelle dauerte noch eine gute Woche an. Nacht für Nacht fütterte ich weiterhin Mama Ullas Gehirnzellen mit meinen Suggestionen. So nutzte ich einigermaßen sinnvoll die Krankheitsepidemie im Hause Popp. Ob es etwas gebracht hat, wird sich zeigen. Falls ich damit nicht den gewünschten Erfolg erziele, muss ich mich nach anderen Therapieformen für Mama Ulla umsehen. Denn so intensiv, wie ich die letzte Woche mit Ulla gearbeitet habe, sollte sich zumindest ein kleiner Erfolg einstellen! Ich habe mir auf jeden Fall nichts vorzuwerfen. Ich habe mein Möglichstes getan. Wenn es nicht gefruchtet hat, gäbe es nur eine plausible Erklärung: Mama Ulla ist resistent gegen Suggestionen. Aber wie gesagt, abwarten!

Kapitel 7

Die Popps und ihre Traditionen

Wir schreiben heute den 8. Dezember. Auf dem Kalender der Popps steht in großen fetten Buchstaben nur das eine Wort: „Baum!!!" Sogar zweimal rot unterstrichen, um die Wichtigkeit ordentlich hervorzuheben. Der 8. Dezember ist der Tag, an dem die gesamte Familie ausrückt, um einen geeigneten Baum für das große Fest zur Geburt des Heilands auszusuchen. Es ist schon jahrelange Tradition der Popps, an Maria Empfängnis den Christbaum zu besorgen. Von dem her recht praktisch, so ersparen sie sich zumindest heute die leidliche morgendliche Diskussion an Feiertagen, wie sie den gewonnenen freien Tag gemeinsam nutzen könnten.

Während ich keinen blassen Schimmer habe, worum es bei dem „Tag des Baumes" konkret geht, spitzt Katze Minki aufgeregt die Ohren. Ihr entsetzter Gesichtsausdruck lässt mich erahnen, dass sie mit dieser „Baum-Tradition" schon schlechte Erfahrungen gemacht hat. Falls ich Minkis Reaktion richtig deute, läuft dieser traditionsreiche Tag nicht immer harmonisch ab. So gut kenne ich dieses Katzentier schon! Doch ich lasse mich nicht beirren und sehe dem heutigen Ereignis gespannt entgegen. Minki ist schnell mal genervt. Sie hasst jegliche Aktivitäten, die ihre Ruhe stören.

Nach dem Frühstück schlüpfen die Popps in ihre Stiefel, ziehen ihre Mäntel über und schon sind sie zur Tür hinaus.

Mir mangelt es gewiss nicht an Phantasie, doch wofür es gut sein soll, sich einen Baum in die Stube zu holen, übersteigt meine Vorstellungskraft. Aber sie werden sicher einen guten Grund dafür haben. Davon gehe ich aus. Katze Minki nützt die Zeit der Stille, um es sich auf der Ofenbank gemütlich zu machen und ich tue es ihr gleich.

Es vergehen zwei bis drei Stunden, dann höre ich das Motorengeräusch der Familienkarosse näher kommen. Ich positioniere mich unter dem Sofa, von wo ich das Geschehen im gesamten Raum beobachten kann. Katze Minki lässt ihre Ohren wieder einmal wie kleine Radarschirme kreisen, erhebt sich gequält, macht ihren Katzenbuckel, springt von der Ofenbank und trabt angewidert in die Höhle ihres Kratzbaumes. Wenn das Katzentier freiwillig ihre geliebte Ofenbank verlässt, so ist das schon äußerst verdächtig. Ich platze vor Neugier! Gleich werde ich wissen, ob Katze Minki wieder einmal maßlos übertreibt oder ob es tatsächlich gleich drunter und drüber geht.

Katze Minki hat sich nicht geirrt! Die Popps versammeln sich um den runden Tisch im Wohnzimmer und diskutieren lautstark über die Größe der Nordmanntanne. Mama Ulla findet, der Baum sei zu groß! Papa Hadwin entgegnet, er sei nicht zu groß sondern schlichtweg zu breit! Timon findet den Baum super! Je größer und breiter desto mehr Süßigkeiten passen rauf! Mama Ulla stellt klar, dass es heuer einen reinen Schmuckbaum geben wird, denn naschen ist ohnehin ungesund! Sabinchen ist schockiert und fängt zu weinen an. Gerade ein Tannenbaum, vollbehangen mit Schokoschirmchen, Windbäckerei, Schokoladenfiguren und Geleeringerl mache doch Weihnachten aus. Das gibt es nur einmal im Jahr! Enttäuscht läuft sie heulend davon und knallt die Tür hinter sich zu, um nochmal gehörig ihren Protest auszudrücken.

„Wenn das so weiter geht, dann gibt es nächstes Jahr gar keinen Baum!", ruft ihr Mama Ulla erbost hinterher. Irgendwann sitzen sie dann schweigend vor dem Fernsehgerät und schmollen vor sich hin. Von einem harmonischen Tag waren sie tatsächlich weit entfernt.

Die nächsten zwei Wochen waren auch nicht viel entspannter. Mama Ullas Putzwahn dürfte nun den Höhepunkt erreichen. Noch dazu ist sie wie besessen davon, so viele verschiedene Arten von Keksen zu backen, wie es ihr nur möglich war. Anscheinend gibt es da so etwas wie einen Wettbewerb unter den Nachbarinnen in der Gasse.
„Ich habe schon zehn verschiedene Sorten Kekse gebacken!", erzählt Mama Ulla triumphierend ihrer Nachbarin.
„Das ist toll, Ulla! Ich war auch schon fleißig, ich habe schon zwölf Sorten!", beweihräuchert sich die Nachbarin selbst.
Mama Ulla stürmt in das Haus und wühlt wie besessen in ihren Rezepten, um nach neuen Backideen zu suchen. Sie hat sich fest vorgenommen heuer die Kekse-Challenge zu gewinnen!

Für Papa Hadwin Popp ist die Vorweihnachtszeit die schlimmste Zeit im Jahr, sagt er zumindest. Ich glaube ihm mittlerweile seine pessimistische Aussage. Mit Mama Ulla ist in dieser Zeit wirklich nicht zu spaßen! Sein schlimmstes Vergehen war es, als sie ihn vorige Woche beim Diebstahl ihrer Weihnachtsbäckerei erwischte. Er wollte lediglich die diversen Sorten durchkosten! In jeder vernünftigen Firma gibt es einen Qualitätskontrolleur! Doch Mama Ulla zeigte kein Verständnis für Papa Hadwins Entgleisung. Ich machte mir wirklich Sorgen um ihn.
„Wenn ich dich noch einmal erwische, dann fresse ich dich mit Haut und Haaren!", drohte sie Papa Popp. Solche Aussagen darf er auf keinen Fall auf die leichte Schulter nehmen! Aber Hadwin ist klug, er vermied in den nächsten Tagen jegliche Diskussion mit Ulla. Auch sonst verhielt er sich recht artig! Ich war sehr erleichtert, dass wenigstens einer der beiden vernünftig war.

Die Kinder hingegen sind in dieser Vorweihnachtszeit auffällig brav. Es ist schon fast gespenstisch! So gesittet habe ich sie bis jetzt noch nie erlebt. Die meiste Zeit sind sie damit beschäftigt sämtliche Prospekte und Kataloge zu durchforsten, um danach endlos lange Wunschlisten an das Christkind zu schreiben. Hier ist nun Timon gefordert! Sabinchen kann noch nicht schreiben, deshalb diktiert sie ihrem großen Bruder ihre Wunschliste. Um sicher zu gehen, dass ihre Wünsche auch erhört werden, zeichnet sie dem Christkind ein schönes Bild.

„Das ist Bestechung!", meint Timon. Aber falls seine Schwester mit ihrer These recht behält, dass ein Geschenk an das Christkind die Wahrscheinlichkeit erhöht, alle Wünsche erfüllt zu bekommen, malt er zur Sicherheit auch eines. Unterdessen sehnt Papa Popp das Ende der Adventzeit herbei.

Endlich ist es soweit! Heute ist Samstag, der 23. Dezember! Endspurt vor dem großen Fest! Auffällig früh verlassen die Popps ihre Betten. Nicht einmal für das Frühstück lassen sie sich Zeit. Heute gibt es viel zu tun! Erst ist der Großeinkauf für die Feiertage angesagt. Das wird die reinste Schlacht werden! Die Popps sind gewappnet, um sich dieser Herausforderung zu stellen! Danach wird der Baum aufgestellt, damit er seine Äste entfalten kann. Er muss schon ein paar Stunden so stehen, damit er sich später in seiner ganzen Schönheit präsentieren kann.

Es ist schon später Vormittag, als ich das Familienauto wahrnehme. Schon knallen die Autotüren. Die Kinder stürmen wie zwei Wirbelwinde bei der Haustür herein, gefolgt von Mama Ulla, die abschätzend den Türstock begutachtet und Papa Popp zuruft: „Den Baum bekommst du bestimmt nicht hier durch, ich öffne dir die

Terrassentür! Doch erst hilf mir den Einkauf in die Küche zu tragen."
„Ha ha, ha ha, der Baum ist zu groß!" kreischen die Kinder im Duett.
„Auf mich hört ja keiner!", äfft Mama Ulla hinterher.
„Ihr seid doch alle so klug!", erwidert Papa Popp beleidigt.

Aha, es geht schon los! Nun verstehe ich Katze Minkis Befürchtungen.
Im Gegensatz zu Minki finde ich die „Baum-Szenen" bisher sehr
amüsant. Der Anfang war schon mal vielversprechend! Bin wirklich
gespannt, was sie mit diesem Unikum von Nordmanntanne hier noch
anstellen wollen.

Mama Ulla öffnet beide Flügel der Terrassentür und mit dem eisigen
Windstoß der nun ins Wohnzimmer bläst, stolpert Papa Hadwin Popp
mit dem riesigen, in ein Netz gewickelten Baum herein. Er zückt ein
Messer, um den Tannenbaum von seinen Fesseln zu befreien.
Schon nörgelt seine liebe Ulla: „Hättest du das blöde Netz nicht auf der
Terrasse runterschneiden können? Sieh dir nur diesen Mist da an!"
„Es wird noch viel mehr Mist anfallen! Aber ich verrate dir etwas, es
gibt einen Staubsauger!" entgegnet Papa Hadwin sarkastisch.
„Dürfen wir den Baum schmücken?", betteln Timon und Sabinchen in
der Hoffnung, dabei die eine oder andere Süßigkeit zu ergattern. Die
Popps hatten sich nun doch darauf geeinigt, den Baum traditioneller
Weise auch mit Süßigkeiten zu behängen. - Um des lieben Friedens
willen.

„Den Baum schmückt das Christkind, das wisst ihr ganz genau!",
antwortet Mama Ulla genervt. „Das bedeutet für euch beide, dass ihr
heute Abend früh ins Bett müsst, damit das Christkind genügend Zeit
dafür hat. Wenn es bis morgen Abend nicht fertig wird, dann fällt
Weihnachten aus! Es muss zu so vielen Kindern, da darf man es auf
keinen Fall stören."

Groß und mächtig steht er da, der Tannenbaum! Mit umgebogener Spitze, da der Raum zu niedrig ist. Er verstellt nicht nur die Terrassentür und einen Teil des Sofas, nein, er nimmt auch die Sicht zum Fernseher.

„Die Spitze gehört gekürzt, untere Äste müssen weg und die hinteren Äste sollte man auch ausschneiden!", befiehlt Ulla, nachdem sie mit ihrem Kennerblick den Tannenbaum gemustert hat.
„Er muss gleichmäßig gewachsen sein, so war das Kriterium! Wir finden nach Stunden endlich den Baum, der all deinen Anforderungen entspricht und dann soll ich wieder sämtliche Äste abschneiden? Jedes Jahr das gleiche Theater! Hörst du dir eigentlich selber zu? So einen Baum, dem hinten die Äste fehlen, hätten wir in fünf Minuten haben können! Nächstes Jahr übernimmst du den Christbaumkauf alleine. Ich tue mir das nicht mehr an! Außerdem kannst du mir dann nicht mehr die Schuld für den Fehlkauf in die Schuhe schieben. Wer hat denn vor dem Kaufabschluss immer das letzte Wort? Du!!! Einzig und alleine du!", so lässt Papa Hadwin seinem Frust freien Lauf!

Unbeeindruckt von dem Protest ihres Göttergatten greift Mama Ulla voll Tatendrang zur Säge. Ganz nach dem Motto: Selbst ist die Frau!

Timon rechnet sich einstweilen bestürzt den Verlust an Schokoschirmchen und Co. aus. Je weniger Äste, desto weniger Leckereien. Er ist weiß Gott kein Rechengenie, doch das ist ja wohl eine ganz einfache Schlussrechnung! Sogar für Sabinchen ist das die logische Konsequenz. Sie versucht deshalb eine Träne aus ihrem Augenwinkel zu quetschen. Die Mitleidsmasche zieht sonst immer!
Timon versucht das Unglück abzuwenden, indem er ruft:
„Bitte nichts abschneiden, es ist so ein schöner großer Baum! So einen tollen Baum hatten wir noch nie!"

„Nicht abschneiden, nicht abschneiden!", äfft Klein-Sabinchen ihrem
großen Bruder nach!
Doch die beiden Schreihälse werden wortlos von Papa Hadwin zur
Seite geschoben. Dann nimmt er Mama Ulla die Säge aus der Hand und
meint schroff: „Gib schon her, bevor du dir noch weh tust!"

Papa Hadwin Popp ist nun damit beschäftigt am Baum herumzusägen.
Erst fällt ein Stück der Baumspitze, dann wird der Stamm ein gutes
Stück abgesägt. Nachdem die Tanne noch immer nicht den
Vorstellungen von Mama Ulla entspricht, werden noch einige der
unteren Äste geopfert. Endlich passt der Baum an seinen
vorgesehenen Platz im Wohnzimmer. Papa Hadwin kann es sich nicht
verkneifen und stellt fest, dass es wohl der billigere Baum auch getan
hätte. Denn wenn er sich ansieht, wie viel er von dem teuer
erworbenen Prachtexemplar weggeschnitten hat, ergibt das nun
ungefähr die Größe des weitaus günstigeren Baumes. Mama Ulla wirft
Hadwin einen bösen Blick zu und verschwindet wortlos in der Küche.
Doch Papa Hadwin Popp lässt nun seinem Zorn freien Lauf! Er ist es
leid, immerzu klein beizugeben, nur um des lieben Friedens willen. Wo
er recht hat, hat er recht! Basta!

Endlich bricht die Nacht herein. Die Kinder nehmen sich die Worte
ihrer Mutter zu Herzen und begeben sich ohne abendliches Feilschen
um Verlängerung des Fernsehabends in ihre Zimmer. Sicher ist sicher,
auf keinen Fall möchten sie das Christkind vergrämen.

Kaum sind die Kinder im Bett, holt Papa Hadwin eine große Schachtel
vom Dachboden. Mama Ulla macht sich sofort daran diese zu öffnen.
Es kommen viele bunte Christbaumkugeln, Lichterketten, filigrane
Weihnachtsfiguren und Lametta zum Vorschein. Ullas Augen leuchten!
Nun ist sie in ihrem Element. Hadwin weiß, dass er hier die nächsten

Stunden nichts verloren hat. Er stiehlt sich leise aus dem Haus, um sich mit einem Freund auf ein, zwei Bier zu treffen. Minki verweilt nach wie vor in ihrer Katzenhöhle im Vorzimmer. Die Weihnachtsvorbereitungen scheinen das arme Katzentier in den vergangenen Jahren tatsächlich traumatisiert zu haben.

Nach ungefähr drei Stunden ist Mama Ulla mit dem Ergebnis des bunt geschmückten Christbaumes einverstanden. Sie ist bekanntlich selbst ihre strengste Kritikerin. Zur Sicherheit testet sie noch, ob alle Lichter der Lichterkette leuchten. Perfekt! Zufrieden mit sich und der Welt schlendert Ulla in die Küche, um sich zur Belohnung ein gutes Glas Rotwein zu gönnen. Entspannt genießt sie das edle Tröpfchen, ehe sie die letzten Geschenke für die Kinder verpackt.

Ich kann förmlich riechen, dass dieser riesige Tannenbaum auch für mich einige Schmankerl bereithält. Die Luft ist rein, ich krabble unter dem Sofa hervor und schon erklimme ich den Baumstamm. Auch Katze Minki hat sich aufgerafft, um ihn zu inspizieren. Hat ihre Neugierde doch gesiegt! Sie schleicht rund um den Baum und beschnuppert ihn von allen Seiten. Nun stellt sie sich auf ihre Hinterbeine, um festzustellen, ob er in höher gelegenen Astreihen denselben Duft verströmt. Dann macht sie sich flach wie eine Flunder und kriecht unter das Geäst. Ein cooles Versteck für Katze Minki! Offensichtlich sieht es das Katzentier genauso. Sie rollt sich unter dem Baum zusammen und genießt den frischen Tannenduft, gepaart mit dem süßlichen Aroma der vielen Leckereien. Doch die ersehnte Entspannung, welche sich Minki anscheinend unter der Nordmanntanne erhofft hat, war nicht von langer Dauer.

Mama Ulla betritt das Wohnzimmer. Ihr erster Blick fällt auf die leere Ofenbank. Sie hat kurz zuvor festgestellt, dass sich Minki auch nicht in ihrem Katzendomizil im Vorraum aufhält. Kopfschüttelnd fragt sie sich laut, wo sich wohl dieses eigensinnige Katzenvieh versteckt hat? Eines ist klar, bei dieser Kälte hat sie das Haus bestimmt nicht freiwillig verlassen! So gut kennt sie ihre Katzendame. Ulla sucht Minkis übliche Lieblingsplätze ab. Nichts, kein Katzentier. Mit zusammengekniffenen Augen schweift ihr Blick zum Baum. Minki, die mitbekommen hat, dass Mama Ulla auf der Pirsch nach ihr ist, hat sich mittlerweile flach auf den Boden gelegt und beobachtet das Geschehen. Doch ihre Schwanzspitze lugt verräterisch ein kleines Stück unter dem Baum hervor. Jetzt ist sie aufgeflogen! Ihr Schwanz hat sie verraten! Mama Ulla stürmt schimpfend auf den Baum zu, klatscht aufgeregt laut in ihre Hände und gibt eigenartige Zischlaute von sich!

„Tsch, tsch, wirst du wohl vom Baum weggehen! Da hast du nichts verloren. Wage es nicht nochmal, sonst verbringst du die Weihnachtsfeiertage am Gang in deiner Katzenhöhle, wo du hingehörst!"

Geschockt sprintet Minki hervor. So, dass der ganze Baum wackelt. Dabei fällt eine der bunten Christbaumkugeln vom Baum und geht zu Bruch!

„Pass doch auf, du blödes Vieh!", brüllt Ulla aufgebracht. Die Christbaumkugeln sind ihr heilig, da kennt Mama Ulla keinen Spaß! Katze Minki zieht sich zutiefst beleidigt zurück. Sie hasst den Kult um Weihnachten! Minki ist so sehr in ihrer Ehre gekränkt, dass sie freiwillig bei dieser Eiseskälte das Haus verlässt und in der Dunkelheit der Nacht verschwindet.

Was machen die hier bloß alle für ein Theater um diesen Tannenbaum? Das kann ja noch heiter werden!

Wieder einmal habe ich tiefstes Mitgefühl mit Katze Minki. Sie hat dem Baum doch nichts zuleide getan! Der steht noch genauso da wie zuvor.

Hätte Mama Ulla nicht so ein Theater gemacht, dann wäre auch bestimmt keine Kugel zu Bruch gegangen. Minki ist in der Regel stets sehr bedacht und vorsichtig. Aber klar, wenn sie so dermaßen erschreckt wird, ist es kein Wunder, dass etwas schiefgeht. Hier liegt die Schuld eindeutig bei Mama Ulla!

Ich ergattere tatsächlich im Geäst des Baumes eine Gelse. Voll Genuss gebe ich mich der gustatorischen Verführung hin. Als ich mein Nachtmahl in den Ästen der Tanne verdaue, kommt auch schon wieder Mama Ulla. Sie dekoriert sämtliche, in buntes Weihnachtspapier eingemachte Päckchen, rund um die duftende Nordmanntanne. Zu guter Letzt stellt Ulla die Krippe auf, wobei sie mit Entsetzen feststellen muss, dass etwas Wichtiges fehlt. Das Jesuskind! Der Hauptdarsteller sozusagen. Ich nutze die wertvolle Zeit, in der Ulla damit beschäftigt ist den Heiland zu suchen, um mich rasch wieder hinter das Sofa in mein Domizil zu begeben. Dieser Christbaum zieht für meinen Geschmack viel zu viel Aufmerksamkeit auf sich. Ich möchte es nicht riskieren im Baum entdeckt zu werden!

Ich höre leises Motorengeräusch. Papa Hadwin kommt nach Hause. Katze Minki begrüßt ihn freudig und betritt mit ihm das Haus. Sie flitzt ins Wohnzimmer und nimmt sofort die Ofenbank in Beschlag. Sie drückt ihren kalten Körper an die warmen Fliesen des Kachelofens. Papa Hadwin und Mama Ulla waren sich das erste Mal an diesem Tag in dem einen Punkt einig, dass es auch für sie Zeit ist schlafen zu gehen. Ich mache es ihnen gleich und freue mich auf ein paar ruhige, erholsame Stunden!

Kapitel 8

Eine schöne Bescherung

Minki hat in keiner Weise übertrieben, was das Tohuwabohu zu den Weihnachtsfeiertagen betrifft. Man sollte vielleicht überdenken, diese mit Sirenengeheul anzukündigen! Dann ist auch für „Nicht-Insider" klar: Ab nun herrscht für die nächsten drei Tage absoluter Ausnahmezustand! So eine Ankündigung hätte mir sehr dabei geholfen, mich auf die ungewohnte Situation einzustellen. Zumindest wäre ich in Alarmbereitschaft gewesen und nicht so derartig überrumpelt worden. Erst hatte ich Minkis Warnungen auf die leichte Schulter genommen, denn dem phlegmatischen Katzenvieh wird bald mal etwas zu viel. Minki hasst alles, was ihre Ruhe stört. Aktivität ist von ihr nur erwünscht, wenn sie persönlich dazu auffordert. Dann jedoch akzeptiert sie keine Abfuhr. Ach, wie ich dieses Katzentier um ihre Durchsetzungskraft beneide. Denn wenn ich es genau betrachte, hat Minki die Familie Popp fest im Griff! Als Mama Ulla gestern Katze Minki wild gestikulierend und laut schimpfend verbot sich dem Christbaum zu nähern, war Minki zutiefst beleidigt. Dies ließ sie Mama Ulla auch spüren! Katze Minki zog das konsequent durch! Sie schmollte so sehr, bis Mama Ulla ganz kleinlaut angekrochen kam, um sich für ihr schroffes Verhalten zu entschuldigen. Sie versuchte das Katzentier mit extra Streicheleinheiten versöhnlich zu stimmen. Doch Minki blieb hart und würdigte Mama Ulla keines Blickes. So konnte dieses gewiefte Katzentier auch noch eine große Portion ihrer Lieblingsleckerlis herausschinden. Ja, Katze müsste man sein! Von solchen Allüren kann ich Spinnentier nur träumen. Langsam ergebe ich mich meinem leidvollen Schicksal, nicht gerade das beliebteste aller Lebewesen auf Gottes schöner Welt zu sein.

Doch das ist jetzt nebensächlich. Heute ist der anscheinend wichtigste Tag im Jahr. Der heilige Abend!

Also an diesen Feiertagen wird wohl niemand der Familie Popp zur Ruhe kommen, einschließlich mir. Heute dreht sich alles um die sogenannte Bescherung. Die ist, wie mir scheint, der wichtigste Teil ihrer feiertäglichen Rituale. Am späten Nachmittag herrscht nun reges Treiben im Badezimmer. Jedes der Familienmitglieder ist damit beschäftigt sich ganz besonders herauszuputzen. Sie ziehen ihr schönstes Outfit an. Die Kinder werden in ihre Zimmer geschickt, um dort auf das Erscheinen des Christkindes zu warten. Ich bin ja schon mal gespannt, wie das aussieht. Katze Minki gibt mir zu verstehen, dass sie es noch nie zu Gesicht bekommen hat, obwohl sie ihren Platz auf der Ofenbank nie verlassen hatte. Sehr mysteriös!
Nun wird der Tisch schön gedeckt und Mama Ulla bereitet liebevoll das Festmahl zu. Der Tisch biegt sich fast vor lauter schön hergerichteter Köstlichkeiten. Wer soll denn das alles bloß essen? Plötzlich vernehme ich den hellen Klang eines Glöckchens. Die Kinder stürmen zur verschlossenen Wohnzimmertür. Papa Hadwin Popp sperrt auf und lässt die Rasselbande herein. Aber nein, sie stürmen nicht in den Raum, wie ich es von ihnen gewohnt bin. Andächtig, fast etwas gehemmt, betreten sie leise den Raum. Sabinchen hängt schüchtern am Rockzipfel von Mama Ulla. Fasziniert starren alle auf den hell erleuchteten Christbaum, davor türmen sich eine Menge bunter Päckchen. Gemeinsam stimmen sie ein „Stille Nacht" an. Das Ganze hat den Anschein, als hätten sie irgend eine doofe Wette laufen, denn so ein frommes Verhalten kannte ich von meiner Gastfamilie noch nicht. Kaum ist der letzte Ton ihres Liedes verstummt, geht das Licht an. Timon wird von seinen Eltern beauftragt, die Namenskärtchen auf den Päckchen laut vorzulesen. Sabinchen übernimmt und verteilt diese

an die rechtmäßigen Besitzer. Auch für Katze Minki liegt ein Päckchen unter dem Baum. Ihre Lieblingsleckerli liebevoll verpackt. Nur an mich hat keiner gedacht. Gut, für Mama Ulla und die Kinder existiere ich nicht wissentlich. Aber Papa Hadwin Popp…, ich habe noch nicht zu Ende gedacht, als ich eine fette, tote Fliege unter dem Christbaum entdecke. Unheimlich gerührt und überglücklich spinne ich mir in meinem Kopf zusammen, dass Papa Popp diese für mich da unter dem Baum deponiert hat. So bin ich, ich möchte stets das Gute im Menschen sehen! Die Menschen sollten sich ein Beispiel an mir nehmen! Würden sie es mir gleich tun, so könnte ich mir meine leidlichen Therapieversuche an ihnen sparen.

Mittlerweile geht es rund im Wohnzimmer der Popps! In Windeseile werden die Pakete ausgepackt. Überall am Boden türmt sich zerfetztes Geschenkpapier. Jetzt ist für Katze Minki Weihnachten! Leere Schachteln inmitten von raschelnden Papierfetzen und gekringelten Bändchen. Minkis Lieblingsspielzeug! Das gibt es in der Fülle nur einmal im Jahr, zu Weihnachten! Ab diesem Zeitpunkt ist Minki mit der Weihnachtszeremonie versöhnt. Dieser Spaß ist es wert. Nun kann sie auch die folgenden Tage der Unruhe hinnehmen. Munter springt sie von Schachtel zu Schachtel. Dann kauert sie sich flach auf den Boden und robbt unter ein großes Stück Geschenkpapier. Plötzlich fegt ihr Schwanz wie wild hin und her, sie hebt ihren Allerwertesten ein Stück an, wackelt mit dem Hinterteil, gibt gackernde Geräusche von sich und schon hechtet sie mit einem Satz hervor, um ein Geschenkband zu erbeuten. Toll Minki, du bist die Größte! Manchmal denke ich, dieses Katzentier ist wirklich sehr leicht zu unterhalten. Nach meinen bisherigen Beobachtungen nach ist es anscheinend so: je größer die Spezies, umso verspielter!

Katze Minki hat sogar noch weitgehend untertrieben, was das Tohuwabohu an den Weihnachtsfeiertagen angeht! Ich vermute, es liegt an der Geschenkeflut, die über die Popps so unvorhergesehen hereingebrochen ist. Sie waren allesamt einer derartigen Reizüberflutung nicht gewachsen! Man kann sich auch nicht mit fünf Dingen gleichzeitig beschäftigen. Wofür soll das nur gut sein? Das schaffe nicht einmal ich mit meinen acht Beinen! Mit fünf fetten, toten Fliegen wäre ich auch heillos überfordert. Doch diese eigenartige Spezies Mensch glaubt tatsächlich dazu in der Lage zu sein, diese Herausforderung bewerkstelligen zu können. Irgendwie hat jeder einzelne von ihnen das große Bedürfnis, alles auf einmal auszuprobieren! Da stehen die Erwachsenen den Kindern um nichts nach.

Nach so viel Geschäftigkeit ist der Hunger groß! Die Popps legen schweren Herzens ihre Geschenke zur Seite und setzen sich an den Tisch. Nun beginnt das große Schlemmen. Die Popps essen und essen als gäbe es kein Morgen! Wenn ich es nicht besser wüsste, würde ich denken, sie rüsten sich wie so manche Tiere für den Winterschlaf. Was die Völlerei angeht, sind eindeutig die Kinder die vernünftigeren. Die wissen, wann sie genug haben! Sie legen ihre Gabeln beiseite und widmen sich wieder ihren neuen Spielsachen.

Minkis große Glückssträhne ist auch schon wieder vorbei. Um Platz zum Spielen zu schaffen, räumen die beiden Rabauken das Papier und die Schachteln weg. Sogar unaufgefordert! Sabinchen ist allerdings der entsetzte, traurige Blick meiner Katzenfreundin nicht entgangen. Sie sucht von allen Schachteln die schönste aus und stellt sie in einer Ecke im Wohnzimmer auf. Auch ein gekringeltes Bändchen wirft sie für Minki hinein. Das Katzenvieh ist erleichtert.

Sie bedankt sich schnurrend, indem sie Sabinchen mit ihrem Kopf sanft anstupst und sich liebevoll an sie schmiegt. Ja, Sabinchen ist ein gutes Kind!

Dieser sogenannte „Heilige Abend" dauert bis lange nach Mitternacht. Wirklich anstrengend! Katze Minki hat sich schon vor Stunden in ihre Katzenhöhle im Flur zurückgezogen. Sabinchen und Timon quälten sich bis zur geheimnisvollen „Geisterstunde". Mitternacht, das war so etwas wie eine magische Uhrzeit für Kinder. Es war stets erstrebenswert für die beiden, die sogenannte Geisterstunde zu erleben. Zweimal im Jahr haben sie die Chance dazu. Zu Weihnachten und zu Silvester. Ulla und Hadwin gönnen sich noch eine gute Flasche Rotwein, bevor sie um zwei Uhr früh das Schlafzimmer aufsuchen. Endlich, es wurde aber auch schon Zeit! Erleichtert begebe ich mich in meinen Trichterbau. Ein paar Stunden Schlaf werden mir jetzt gut tun!

An den nächsten beiden Feiertagen ging es zu wie im Irrenhaus. Es herrschte ein Kommen und Gehen. Nachbarn, Freunde, Bekannte, alle trudelten ein. Sie gaben sich die Türklinke förmlich in die Hand. Die Kinder waren außer Rand und Band! Wie ein Wirbelwind fegten sie durch das ganze Haus. Oft waren ihnen gleich fünf an der Zahl! Die Popps, allseits bekannt für ihre Gastfreundlichkeit, waren stets darauf bedacht, dass es ihren Gästen an nichts fehlte. Sie unterhielten sich, lachten, scherzten, sie zeigten sich von ihrer besten Seite. Dabei wurde gegessen und getrunken ohne nennenswerte Unterbrechung.

Eines muss ich zugeben, eine Körperbeherrschung hat diese menschliche Rasse! Wie kann man nur so viel in sich hineinstopfen?! Schon beim Zusehen wurde mir ganz schwummelig. Ihr zeitweiliges Schnaufen ließ mich erahnen, dass sie sich schon am Limit ihrer vorgesehenen Füllmenge befanden. Dass sie ihren Bauch dabei tätschelten, ist wohl als Geste ihres Schuldbewusstseins zu verstehen. Sie wissen, was sie ihrem Körper zumuten. Aber zum Glück - geplatzt ist keiner von ihnen!

Kapitel 9

Timon macht auf Biologe

Timon wusste mit seinen jungen Jahren schon ganz genau, was er einmal werden wollte, nämlich Tierarzt! Doch nun hatte das Schicksal wohl etwas ganz anderes mit ihm vor. Etwas Größeres! Das Christkind bescherte ihm ein tolles Mikroskop. Das musste Bestimmung sein! Das Mikroskop war Timons ganzer Stolz! Er hängt seinen lang gehegten Berufswunsch an den Nagel und beschließt Biologe zu werden. Ja, er will in die Forschung! Neue Mutationen von Insekten entdecken. Für solche Aufgaben war er geschaffen! Er kann es spüren, tief in seinem Inneren.

Landtierärztin war doch wohl eher etwas für seine Schwester Sabine. Das wird er ihr schon noch klar machen. Sie würden sich wunderbar ergänzen. Wenn kranke, räudige Straßenkatzen zu Sabinchens Patienten zählten, könnte er feststellen, von welcher Parasitenart diese befallen waren. So malt sich Timon seine und Sabinchens Zukunft aus.

Katze Minki ist erst einmal erleichtert von Timons neu eingeschlagenem Bildungsweg. Sie war es leid, andauernd für Timons Doktorspielchen herhalten zu müssen. Was Timons neuer Karrierewunsch für mich bedeutet, ist mir noch nicht ganz klar. Leichtes Unbehagen steigt in mir hoch. Mein Bauchgefühl hat mich noch nie betrogen. Mir schwant Böses!

Von einem Tag auf den anderen hat Timon jegliche Scheu vor Krabbeltierchen verloren. Beflügelt von seinem ausgeprägten Forschertrieb ist er den ganzen Tag über auf der Jagd nach

77

irgendwelchen Insekten. Hat er sie einmal in seinen Fängen, werden sie seziert und genauestens unter dem Mikroskop untersucht. Gerade ist er fasziniert von der Feinheit des Flügels einer Stubenfliege. Ich bin mir sicher, wenn mich dieser Bengel in seine Finger bekommt, wird er mich in meine Einzelteile zerlegen, um die Beschaffenheit meiner Anatomie zu erforschen. Ach, wie ich die Zeit herbeisehne, wo er noch aus lauter Ekel vor mir davongelaufen wäre. Wie ist denn nur dieses imaginäre Christkind auf diese dumme Idee gekommen, ihm ein Mikroskop zu schenken?

Mama Ullas Begeisterung über Timons neuen Forschertrieb hält sich ebenfalls in Grenzen. Sie findet es schrecklich, dass ihr Sohnemann ständig irgendwelche Insekten anschleppt. „Diese Krabbelviecher haben im Haus nichts verloren!", brüllt sie verzweifelt. Überall in seinem Zimmer stehen kleine Marmeladegläser, die er als Terrarien für seine Insekten entwendet hat. Mit Engelszungen redet sie auf Timon ein, er solle doch etwas anderes erforschen wie Haare, Fingernägel und dergleichen. Ungläubig starrt Timon seine Mutter an. Das kann doch nicht ihr ernst sein! Sieht sie nicht, dass in ihm ein großer Biologe steckt! Er versucht sie für seine Forschung zu begeistern, indem er sie zum Mikroskop zerrt, um ihr zu zeigen, wie wunderbar so ein Fliegenauge aussieht. Doch Mama Ulla kann das Wunder und die Schönheit der Natur nicht erkennen. Timon ist diese Verbohrtheit seiner Mutter unbegreiflich. Das ist anscheinend Männersache! Papa Hadwin hat für Timons neu gewonnene Erkenntnisse seiner Forschung immer ein offenes Ohr. Heimlich bringt er ihm Nachschub an Tierchen, die sie dann gemeinsam inspizieren. Katze Minki trägt auch ihren Teil dazu bei, indem sie eine Zecke liefert, die die beiden dann unter dem Mikroskop beobachten können. Es ist allen ein Rätsel, woher sie die um diese Jahreszeit hat. Sogar Sabinchen möchte sich beteiligen. Im

Kindergarten hat sie sich Läuse eingefangen. Stolz stellt sie nun ihre Nissen den „Forschern" zur Verfügung. Mama Ulla ist mit ihren Nerven am Ende! Sie hat vom Christkind einen Gutschein für einen Wellnesstag bekommen. In ihrer Verzweiflung ruft sie ihre Freundin Babette an, klagt ihr ihr Leid und bittet sie, mit ihr diesen Gutschein einzulösen. Sie muss raus aus diesem Irrenhaus, und wenn es nur für einen Tag ist! Die Freundin ist sofort mit Begeisterung dabei! Nächsten Tag schon wollen sie sich zeitig in der Früh auf den Weg in die Therme machen. Endlich ausspannen und von den „Viechereien" nichts mitbekommen! Papa Hadwin schnappt sofort das Telefon und bucht seiner Ulla noch eine indische Ölmassage dazu, damit sie ganz bestimmt tiefenentspannt zurückkommt. Er erhofft sich davon, dass dieser Zustand dann noch einige Tage anhält. Denn die letzten Tage wirkte Mama Ulla schon äußerst gereizt. Er weiß aus langjähriger Erfahrung, es fehlt nicht mehr viel, bis sie vollends explodiert! So eine kleine Auszeit von ihrer Familie wird Ulla guttun. Er verspricht seiner Frau, sich um alles daheim zu kümmern. Er wird Klein-Sabinchen entlausen, die Katze bürsten, Spaghetti kochen. Sie braucht keinen Gedanken an zu Hause verschwenden, er hat alles im Griff!
„Und wenn ich wieder zurück bin, dann sind diese Gläser mit dem Krabbelvieh verschwunden! Von mir aus könnt ihr die in deiner Werkstatt horten, aber im Haus haben die nichts verloren!", fordert Mama Ulla in einem Tonfall, wo allen bewusst ist, dass sie keinen Widerspruch mehr duldet!

Ich habe unlängst gehört, dass Hypnose bei Phobien und Ängsten eine durchaus wirkungsvolle Therapieform sein soll. Es wäre vielleicht hilfreich, wenn Papa Hadwin so eine Hypnosesitzung für Ulla dazu buchen könnte. Ob diese Wellnessoase so etwas im Programm hat? Ich Spinnentier tu mir etwas schwer damit Mama Ulla zu hypnotisieren, und die Suggestionen haben bis jetzt keinerlei Wirkung gezeigt. Aber ich bleibe natürlich dran, bis ich eine bessere Therapieform entdecke. Doch aufgrund meiner geringen Größe und meines für Ulla ekelerregenden Aussehens, bin ich in meinem Therapeutendasein schon sehr eingeschränkt. Nur, wie bringe ich Papa Hadwin dazu, Mama Ulla eine Hypnosesitzung zu bezahlen? Auch Timon käme dies entgegen. Wäre seine Mutter in Bezug auf Krabbeltierchen etwas entspannter, so könnte er sich ungehindert seiner Forschung widmen. Papa Hadwin würde sich somit viel Stress wegen solcher Konfliktsituationen ersparen, und ich müsste auch etwas weniger auf der Hut sein.

Am Nachmittag klopft es an der Haustür und Mama Ullas Freundin Babette stürmt zur Tür herein. Auch sie möchte den morgigen Tag nutzen und sich ein paar Annehmlichkeiten gönnen. Gemeinsam sehen die beiden nochmal die Wellnessangebote der Therme durch. Plötzlich stößt Ullas Freundin tatsächlich auf einen Therapeuten, der vor Ort Hypnose anbietet. „Das wäre was!", kreischt sie begeistert auf. „So etwas wollte ich immer schon ausprobieren, zwecks Raucherentwöhnung! Soll ich es wagen? Was meinst du?" Babette sieht Ulla fragend an. „Gib dir einen Ruck und probiere es einfach aus!", motiviert Ulla sie. Die Freundin nimmt ihr Telefon, wählt die Nummer und bucht entschlossen eine Therapiestunde. In der Zwischenzeit holt Ulla Holz für den Ofen. Plötzlich krabbelt eine kleine Spinne, dürfte ein verkümmertes Männchen sein, über die Holzscheite. Entsetzt lässt Ulla schreiend die Holzscheite fallen. Sie presst ihren Rücken an die Wand und schnappt nach Luft! Japsend zeigt sie auf das flüchtende Spinnentier. Ihr hilfesuchender Blick zu ihrer Freundin Babette verrät dieser, dass sie das Krabbeltier schnellstens einfangen muss, damit Ulla wieder durchatmen kann, bevor sie noch blau anläuft.

Babette greift sich ein kleines Gefäß aus Plastik und fängt damit die verängstigte Spinne ein. Dann schiebt sie gekonnt ein Stück Papier unter das Gefäß, hebt es an und dreht es um. Nun kann sie den kleinen Spinnenmann draußen auf der Wiese aussetzen.

Schade eigentlich, vielleicht hätten wir harmoniert. Gegen nette Gesellschaft wäre von meiner Seite aus nichts einzuwenden gewesen. Hätte er nichts getaugt, wäre er allemal eine gute Mahlzeit gewesen. Es sollte wohl nicht sein.

Als Babette nach ihrer Evakuierungsaktion das Wohnzimmer mit leerem Gefäß wieder betritt, entspannt sich Mama Ulla endlich und bekommt auch wieder Farbe im Gesicht. „Also weißt du, Ulla, gegen deine Spinnenphobie solltest du wirklich etwas tun! Ich verstehe nun deinen Mann, dass er sichtlich genervt davon ist. Das ist doch nicht mehr normal!", versucht Babette ihrer Freundin ins Gewissen zu reden. „Mir graut auch, aber so??? Du überträgst noch deine Ängste auf Sabinchen! Das möchtest du doch nicht, oder?", setzt Babette energisch nach. Beschämt blickt Mama Ulla auf den Boden. Hätte Papa Hadwin ihr dies alles an den Kopf geworfen, wäre ein heftiger Ehestreit vorprogrammiert gewesen! Doch bei ihrer Freundin Babette war Ulla einsichtig. „Schau mal, Hypnose wirkt auch gegen sämtliche Ängste und Phobien. Es ist doch einen Versuch wert! Ich melde dich jetzt ebenfalls an und dulde keine Widerrede. Wir ziehen das gemeinsam durch! Ich sage meiner Nikotinsucht den Kampf an und du deiner Spinnenphobie. Das wird dir guttun." Ulla hat nicht einmal die Chance, nach irgendwelchen fadenscheinigen Ausreden zu suchen. Babette wählte schon, während sie noch sprach, die Nummer der Wellness-Oase und schon war Ulla angemeldet. Das macht eine gute Freundin aus. Die redet nicht nur, die setzt Taten!

Ich bin sprachlos. Das war so etwas wie göttliche Fügung. Offensichtlich hatte ich Freunde da oben, die meine Bitte um eine Hypnosetherapie für Ulla erhört haben. Jetzt kann ich nur noch hoffen, dass Ulla Gefallen an dieser Therapieform findet und sich weitere Sitzungen ausmacht. Denn mit einem Mal wird es nicht getan sein. Mama Ulla ist bestimmt eine Herausforderung für jeden Therapeuten. Aber ich will nun nicht gleich schwarzmalen. Ich setze mein ganzes Vertrauen in das Können des Hypnotiseurs.

Auch Papa Hadwin ist sehr glücklich über Babettes Initiative! Er erklärt sich sofort dazu bereit die Kosten zu übernehmen. Timon wittert seine Chance! Im Überschwang seiner Begeisterung fragt der Sohnemann, ob er nun sein Forschungslabor in seinem Zimmer belassen darf? „Timon, reize deine Mutter nicht!", tadelt Papa Hadwin seinen Sohn. Sabinchen, die schon den ganzen Tag über die Rolle der stillen Beobachterin eingenommen hat, meldet sich nun auch zu Wort: „Aber wenn ich nun Tierärztin werde, wäre es toll, wenn ich einen kleinen Hamster bekäme. Ich kann doch nicht nur an Katze Minki lernen. Wie die sich verhält, weiß ich schon, und eine gute Tierärztin muss sich mit allen Tieren auskennen. Oder ein Wellensittich wär´ auch super! Die machen auch Mama nichts aus, die sind nicht so ekelig!" „Jetzt ist aber Schluss!", brüllt Mama Ulla aufgebracht. „Wer kümmert sich dann um all das Viehzeug?" „Das mache ich, ich kann das schon!", fleht Sabinchen mit einem drolligen Augenaufschlag. Sie sieht noch den kleinen Funken einer Chance, ein eigenes Haustier für sich auszuhandeln. „Wenn du es schaffst, verlässlich eine Woche lang Katze Minki zu füttern, dann können wir über ein Haustier für dich reden", erwidert Mama Ulla zur Verwunderung aller Anwesenden. „Jaaa!!! Darf ich dann bitte einen Goldhamster haben? Die sind so süß!", bettelt Sabinchen weiter. „Für das Erste bekommst du einen Goldfisch.

Der macht keinen Mist und keinen Lärm, kann mir nicht vor die Füße laufen und ist leicht zu pflegen. Das solltest du schon schaffen! Beim Wasser wechseln soll dir dein Bruder helfen. Dann kann er gleich Algen erforschen, wenn ihr das Glas nicht regelmäßig und ordentlich reinigt!", fügt Mama Ulla mit einem leicht sarkastischen Unterton hinzu. Sabinchen ist mit dem Angebot einverstanden. Sie ist klug genug, um zu wissen, mehr ist momentan nicht drinnen! „Ein Goldfisch ist auch süß! Aber alleine ist er einsam, da ist er bestimmt traurig", stellt Sabinchen betroffen fest. Papa Hadwin ist gerührt von dem großen Verständnis seiner kleinen Tochter für Tiere. In dem zarten Alter von vier Jahren ist das schon allerhand. Vielleicht schlummert tatsächlich eine Tierärztin in ihr. Vor lauter Stolz über Sabinchens Empathie für Tiere willigt er ein, zwei Goldfische zu besorgen. Überglücklich strahlt ihn seine Tochter an.

Gut, Goldfische stellen keine Bedrohung für mich dar. Eher ist Katze Minki eine Gefahr für die Fischlein. Doch diese ist zu bequem, um sich ihre Mahlzeit zu angeln. Außer ihr Futternapf würde nicht zeitgerecht gefüllt. Aber das soll nicht mein Problem sein. Ich freue mich schon auf unseren Familienzuwachs. Somit ist die ganze Aufmerksamkeit auf die Neuankömmlinge gerichtet und ich habe für das Erste ein angenehmes, ruhiges Leben im Hause Popp. Das ist ja auch mein Ziel, auf das ich hinarbeite. Wenn nun noch Mama Ulla durch ihre Therapie etwas entspannter wird im Umgang mit Insekten und Timon sein Labor im Kinderzimmer weiterführen darf, so habe ich vielleicht die Chance, dass mir einige Schmankerl quasi am Silbertablett serviert werden. Ich sollte mir doch in seinem Zimmer ein Domizil bauen. Ich würde wie in einer Speisekammer gastieren. Das reinste Schlaraffenland! Insekten die schon von Timon erforscht wurden und, wie so oft, unachtsam auf dem Boden landen, würden meinen Speiseplan bereichern. Ganz ohne

Anstrengungen! Kein Erjagen, kein Töten. Vielleicht kann ich sogar Gutpunkte für mein Karma sammeln. Das darf man, wie mir scheint, nicht ganz außer Acht lassen, wenn ich der These von Ullas Freundin Babette Glauben schenken kann. So muss ich nicht zur Sicherheit Vegetarier werden, um mieses Karma von mir abzuwenden. Denn wenn die Krabbeltierchen schon tot sind, kann doch ich nichts dafür. Ich verwerte lediglich ihre Kadaver. Das ist der Kreislauf der Natur, deshalb muss ich mir kein schlechtes Gewissen einreden lassen. Ich mache mir schon meine Gedanken, wenn ich Babette über das „Karma-Dings" mit Mama Ulla diskutieren höre. Es ist ja auch nicht so, dass wir Spinnentiere vegetarische Kost total verachten. Nein, wir essen genauso Pollen, Samen, knabbern Blattgewebe und trinken Nektar und Honigtau. Nur habe ich mich bis jetzt noch nicht dazu durchringen können, auf schmackhafte Asseln und Co. gänzlich zu verzichten. Doch hier in meinem Winterquartier gibt es ohnehin nicht so viel Frischfleisch zu erjagen. Da muss ich mich die meiste Zeit mit dem Blattgewebe von Zimmerpflanzen und dem Nektar der Orchideen begnügen. Aber für Timon sieht es zurzeit schlecht aus. Durch seinen neu erworbenen Forschertrieb ist ihm sein Karma bestimmt nicht sehr wohlgesinnt. Insekten zu lynchen ist ein schweres Vergehen! Da müssen wir gar nicht lange drum herumreden.

Auch Babette kann das gar nicht gutheißen, doch sie wird von Papa Hadwin Popp nur belächelt. „Babette mit ihrem Esoterik-Trip", lacht er stets kopfschüttelnd. Ich hoffe nur für Timon, dass er im nächsten Leben nicht als Spinnentier wiedergeboren wird. Für so ein Leben wäre er zu sensibel. Da müsste er durch eine harte Schule gehen. So ein Schicksal würde ich ihm nicht wünschen. Aber Timon ist noch jung. Wer weiß, welch ehrenhafte Taten er in seinem Leben noch vollbringen wird. So hat er noch genug Zeit, um seine Jugendsünden auszumerzen. Bei Papa Hadwin Popp wird es schon knapp, wenn er nicht bald seine Einstellung ändert. Ich jedenfalls hüte mich davor, Babette auszulachen. Falls ihre Ansichten etwas auf sich haben, kann es nicht schaden, wenn ich zumindest versuche, so gut es geht danach zu leben. Schadensbegrenzung anzustreben, das ist meine Devise. Vielleicht schaffe ich es im nächsten Leben zu einem schönen Schmetterling. Das wäre weniger diskriminierend. Dann würden sich alle an mir erfreuen. Ich wäre akzeptiert und würde bewundert. Aber meine Lebenserwartung wäre erheblich kürzer. Ob das dann so erstrebenswert ist? Das muss ich nochmal in Ruhe überdenken. Ich sollte nicht so unzufrieden sein mit mir und meinem Leben. Es ist schon gut so, wie es ist! Diese Babette mit ihren Ansichten macht mich ganz konfus! Ich gucke mal unter das Treppenhaus, ob ich eine leckere Assel finde. Damit ich auf andere Gedanken komme. So ein Festmahl ist genau das, was ich jetzt brauche!

Die Tür fällt ins Schloss. Babette mit ihren Hirngespinsten hat nun das Haus verlassen. Mama Ulla begibt sich in das Schlafzimmer, um für ihren Wellnesstag zu packen. Papa Popp macht es sich vor dem Fernseher gemütlich und knabbert genussvoll Chips. Timon erforscht in seinem Zimmer sehr konzentriert eine Motte. Schwester Sabinchen hat ihren Arztkoffer geholt und ist damit beschäftigt, Minkis Ohren genauer zu untersuchen. Diese lässt, gutmütig wie sie ist, alles über sich ergehen. Hauptsache sie kann dabei auf ihrer geliebten Ofenbank liegen bleiben. Mit einem Wort, es ist endlich wieder Normalität bei den Popps eingekehrt. Ich habe tatsächlich eine Assel erwischt, die ich nun genussvoll verspeise, ehe ich mich in meinen Trichterbau zurückziehe. Der morgige Tag wird bestimmt relaxed. Mama Ulla ist außer Haus, und ohne ihr strenges Regime wird der Tagesablauf der Popps zwar etwas strukturloser, aber dennoch weitaus entspannter sein. Es bleibt zwar unausgesprochen, aber insgeheim freuen sich alle darauf. Auch Mama Ulla freut sich darauf, endlich einmal einen Tag ganz für sich alleine zu haben. Ohne Familie im Nacken. Nur mit Babette die Seele baumeln und sich verwöhnen lassen.

Kapitel 10

Papa Hadwin mit den Kindern allein zu Hause!

Sonntag am frühen Morgen. In der Siedlung ist noch alles ruhig. Ein lautes Hupen durchbricht die Stille.

Mama Ulla steigt beschwingt zu Babette ins Auto und schon brausen die Freundinnen davon. Es konnte ihnen gar nicht früh genug losgehen, damit sie den Tag in der Wellnessoase gut nutzen können.

Papa Hadwin Popp und die Kinder sitzen noch verschlafen um den Küchentisch und genießen das Frühstück. Sie wollen, dass ihr Tag besonders wird. Daher richtete Papa Hadwin ein Frühstücksbuffet, welches dem eines Fünf-Sterne-Hotels gleicht. Außerdem hatte er sich schon gestern vorgenommen, seiner Ulla einen perfekten Start in ihren wohlverdienten Wellnesstag zu gönnen. Und wie heißt es so schön: Das Frühstück ist die wichtigste Mahlzeit am Tag! Ulla Popp war sehr gerührt, so ein tolles Frühstück gab es nicht einmal zu Muttertag für sie. Da hat Papa Hadwin sich wirklich sehr bemüht, das muss man ihm lassen! Gourmet Timon und Schlemmermäulchen Sabinchen schätzen dieses einzigartige Frühstück ebenfalls sehr und schmatzen laut vor sich hin. „Gell Papa, so frühstücken immer die ganz reichen Leute?!", stellt Sabinchen altklug fest. „Das habe ich schon im Fernsehen gesehen", erklärt sie weise. „Wenn ich einmal als berühmter Biologe ganz viel Geld verdiene, frühstücken wir jeden Tag so nobel und Diener haben wir dann auch!", träumt Timon weiter. Doch Papa Hadwin Popp holt die beiden ziemlich fies in die Realität zurück, indem er sie dazu auffordert, gemeinsam den Tisch abzuräumen. „Wenn wir alle zusammen anpacken, sind wir umso schneller fertig und können am Vormittag noch alle gemeinsam etwas unternehmen. Na, was haltet ihr davon?" Sabinchens und Timons Gesichtsausdruck sagt mir, dass sie wenig begeistert sind von Papa Hadwins Idee. Doch dieser lässt nicht locker. Es war vorprogrammiert, denn schon bricht das Chaos aus! Das hätte ich Papa Hadwin gleich sagen können. Wenn die Kinder mit Widerwillen Tätigkeiten erledigen müssen, passiert schon das eine oder andere Missgeschick. Soviel habe ich schon mitbekommen im Hause Popp. Es ist genau dieses Thema, das Mama Ulla immer so auf die Palme bringt. Da sie es leid ist, mit ihrem aufmüpfigen Nachwuchs herumzudiskutieren, erledigt sie, um ihrer lieben Nerven willen, alles selbst. Dann ist es wenigsten ordentlich gemacht! Papa Hadwin Popp hingegen sieht nicht ein, wieso er seiner Rasselbande die ganze Arbeit abnehmen soll. Er musste als Kind auch immer im Haushalt mithelfen. Hat es ihm geschadet? Nein! Das wäre ja noch schöner, er spielt doch nicht den Lakai seiner Kinder!

Klirr!!! Timon zertrümmert beim Abräumen des Geschirrs Papa Hadwins Lieblingskaffeetasse. Als Papa Hadwin das sieht, bekommt seine sonst eher blasse Gesichtsfarbe einen rötlichen Teint. Steht ihm eigentlich recht gut. Die hervortretenden Adern an seinen Schläfen und das Zucken seiner Wangenknochen verheißen jedoch nichts Gutes, fürchte ich. Doch das Donnerwetter bleibt aus. Monoton aber bestimmt, befiehlt er Timon, Besen und Schaufel aus der Kammer zu holen. Der ist zumindest klug genug, Papa Hadwin in diesem Moment nicht zu widersprechen. Er gehorcht wortlos. Sabinchen kichert schadenfroh und schielt, während sie den Tisch weiter abräumt, zu Timon hinüber, wie er die Scherben auf die Schaufel kehrt. Durch ihre Unachtsamkeit lässt Sabinchen nun das Marmeladenglas auf den Boden plumpsen. Papa Popp fährt sich genervt mit beiden Händen über sein Gesicht. „Das kommt davon, weil ihr so halbherzig bei der Sache seid", tadelt Papa Hadwin Popp. „Man muss öfter Dinge

erledigen, die einem keinen Spaß machen, so ist das Leben! Da habt ihr
noch verdammt viel zu lernen. Manchmal frage ich mich, ob wir in der
Erziehung alles richtig machen?", kaum ausgesprochen schüttelt er
nachdenklich den Kopf. „Wir sind eben keine Royals, denen ihre
Dienerschaft alles zum Hintern richtet!", fügt Papa Hadwin noch wenig
charmant hinzu. Wortlos wischt er den Boden auf, Timon reinigt den
Küchentisch und Sabinchen bringt Katze Minki ihren Futternapf.
Endlich fertig!

Mittags möchte Papa Hadwin sich die Arbeit mit dem Kochen nicht
antun. In der Küche Gemüse zu schnipseln ist nicht sein Ding.
Außerdem schafft er es jedes Mal, dass der Kochtopf mit den
Spaghetti-Nudeln übergeht. Als er die vorprogrammierte
Überschwemmung am Küchenherd vor seinem geistigen Auge sieht,
beschließt er, Pizza für alle zu bestellen. Er hat keine Lust auf noch
mehr Chaos! Vor allem, wo sie eben die Küche blitzblank geputzt
haben. Mama Ulla wäre zwar wenig begeistert von seiner Art, Essen
auf den Mittagstisch zu bringen, aber sie muss es ja nicht erfahren. Das
heißt, wenn es die Kids nicht ausplaudern. Mama Ulla macht gerade so
eine Phase durch, in der sie akribisch auf gesunde Ernährung achtet.
Kein Weißmehl, kein Zucker, wenig bis gar keine Milch, Eier nur von
glücklichen Hühnern, Fleisch gibt es ausschließlich vom Bauern ihres
Vertrauens und auch nur dann, wenn das Tier damit einverstanden
war, dass sie es später essen dürfen. Viel Gemüse, jede Menge Obst,
natürlich Bio! Zum Trinken gibt es rechtsdrehendes Wasser - versteht
sich - aufgepeppt mit Zitrone und Ingwer oder mit diversen Kräutern
wie Zitronenmelisse und Minze. Ich wundere mich jeden Tag aufs
Neue, wie Mama Ulla es schafft, täglich so köstliche Speisen für ihre
Lieben zu zaubern. Ich meine, mit diesen Kriterien bestimmt kein
einfaches Unternehmen. Aber heute hat Papa Hadwin das Sagen und

heute, zur Feier des Tages, darf man schon mal eine Ausnahme machen. Das ist vertretbar! Da lässt er sich, von dem imaginären Engelchen, welches scheinbar über seinem Kopf schwebt, kein schlechtes Gewissen einreden. Damit es auch nicht wieder in ihm aufflammt, nützt Papa Hadwin die Zeit, in der er normalerweise in der Küche gestanden wäre, um mit den Kindern raus in die frische Luft zu gehen. Das würde Mama Ulla wiederum sehr lobenswert finden. Denn frische Luft ist mindestens genauso wichtig wie gesunde Ernährung!

Vier Stunden später verzehren die drei genüsslich ihr Mittagessen. Schon bei den letzten Bissen der fetten Pizza werden ihre Augenlider immer schwerer. Sie fühlen sich mit einem Mal müde und träge. Papa Hadwin entsorgt die leeren Pizzakartons, während Timon und Sabinchen am Sofa ein gemütliches Lager richten. Ein wohlverdientes Mittagsschläfchen zu dritt ist jetzt genau das Richtige!

Nach einer kurzen Rast sind die drei wieder fit und bereit für neue Taten. Plötzlich läutet es an der Tür. Wer mag das sein? Timon und Sabinchen stürmen in den Flur, um den Besuch zu empfangen. „Onkel Jens, Marina und Lotte sind da!", brüllen die Kinder freudig. Meine Vision von einem ruhigen Nachmittag wird von einer Sekunde auf die andere zur Illusion. Das schaut diesem einfallslosen Jens wieder ähnlich. Kann sich dieser Mann nicht einen Tag lang alleine mit seinen Gören beschäftigen? Kaum ist seine Babette aus dem Haus, ist er gänzlich überfordert! Babette schaffte es zwar irgendwie, ihren Mann Jens zu erziehen, doch bei ihren Kindern scheiterte sie kläglich. Babette hat in den Jahren den lieben Jens mit ihrem Esoterikkram so dermaßen eingelullt, dass dieser nun unfähig ist, ab und zu mal die autoritäre Vaterfigur heraushängen zu lassen. „Kinder müssen frei ihre Persönlichkeit entwickeln können", so heißt es plötzlich. Dank der

Tatsache, dass sich Babette und Jens noch immer „selbst suchen" - das machen die nämlich seit sie dieses Selbstfindungsseminar besucht haben, von dem Babette immer noch schwärmt - können die Mädels ihren Vater so um ihren Finger wickeln, dass er ihnen keinen Wunsch abschlagen kann. Für seine „Prinzessinnen" tut Jens fast alles! Ich bin ja der Auffassung, dass Jens mittlerweile an einer gestörten Wahrnehmung leidet. Das sind keine Prinzessinnen, das sind ausgefuchste kleine Biester. Zum Glück steht Papa Hadwin schon noch seinen Mann, wenn es sein muss. Er ist zwar auch nicht mit viel Durchsetzungskraft gesegnet, zumindest im Umgang mit Ulla nicht, doch bei Timon und Sabinchen zählt noch sein Wort! Doch jetzt bin ich wieder etwas abgeschweift vom eigentlichen Thema. Wenn mich etwas so dermaßen aufregt, so passiert mir das leicht.

Freudig begrüßt Jens Papa Hadwin mit den Worten: „Hallo, mein Kumpel! Ich dachte mir, wenn wir schon für heute Strohwitwer sind, könnten wir doch diese Herausforderung gemeinsam bewältigen. Die Kids haben Spielkameraden, somit ist ihnen nicht langweilig und wir könnten in Ruhe das Match ansehen. Was hältst du davon?" Papa Hadwin überlegt kurz, denn eigentlich wollten sie draußen etwas unternehmen, aber ein Fußballnachmittag ist schon verlockend. Fußball, Chips und Bier am Nachmittag ist auch etwas, was Mama Ulla nicht akzeptiert, ohne ordentlich zu meckern. Deshalb ist der Vorschlag von Jens schon sehr reizvoll. Er sollte wirklich die Gunst der Stunde nutzen! Wer weiß, wann er wieder in den Genuss kommt? Die Kinder warten ohnehin nicht die Entscheidung ihrer Väter ab und tollen schon wie wild durch das Haus. Papa Hadwin schielt nochmal aus dem Fenster. Er stellt erfreut fest, dass sich dicke schwarze Wolken vor die Sonne geschoben haben. Sieht fast so aus, als kündige sich ein Wintergewitter an.

Die sollen gefährlicher sein als die im Sommer, hat er einmal gehört. Ob das wirklich stimmt, weiß er nicht. Aber es rechtfertigt seine Entscheidung, das Haus heute nicht mehr zu verlassen. Ohne schlechtes Gewissen holt er nun Chips und Bier. Jens sucht unterdessen den Sportkanal und macht es sich schon mal gemütlich.

Das darf nicht wahr sein! Jetzt verschweigt Papa Hadwin Popp tatsächlich dem nichtsahnenden Jens den Lausbefall seiner Tochter! Nur weil er der Verlockung eines richtigen Männertages nicht widerstehen kann. Jens wäre bestimmt nicht mit seinen „Prinzessinnen" geblieben, wüsste er von der Gefahr, welche von Sabinchens Haarpracht ausgeht. Läuse kann man nicht so einfach „wegatmen" - wie Babettes Guru es ihnen stets vorbetet - wenn man sie mal hat! Da hilft nur konsequente Läusebekämpfung, sonst bekommt man die Viecher nie mehr los!

Kurze Zeit später hocken die beiden Männer wie hypnotisiert vor dem Fernsehgerät. Sie grölen, schreien, singen, klatschen und bekommen von dem Tohuwabohu, was ihre Kinder rund um sie veranstalten, überhaupt nichts mehr mit. Typisch! Nun bleibt es wieder an mir hängen, hier für Ordnung zu sorgen! Die zwei verwöhnten Nervensägen von Babette und Jens habe ich im Griff. Die beiden Gören lassen doch glatt Timon und Sabinchen laut zählend mit verschlossenen Augen in der Ecke stehen, während sie schamlos versuchen die Naschlade zu plündern. Aber da haben sie die Rechnung ohne mich gemacht. Als sie im Begriff sind die Lade zu öffnen, komme ich blitzschnell aus meinem Versteck und krabble auf sie zu. Kreischend laufen sie aus dem Raum.

„Da drinnen ist eine riesige Spinne!", klagen sie. Ihre Gesichtsfarbe ist kreidebleich. Doch nicht einmal diese gellenden Schreie bringen Jens

93

und Papa Hadwin dazu, ihren Blick vom Fernseher abzuwenden. „Leise, hier gibt es gerade einen Freistoß!", murmelt Jens mehr oder weniger in sich hinein. Timon kommt neugierig angesaust und Sabinchen kreischt aus Solidaritätsgründen mit den Mädels. Ich konnte mich in der Zwischenzeit wieder in mein Versteck unter der Spüle zurückziehen. Timon sieht sich um und kann außer ein paar abgeschnittenen schwarzen Zwirnsfäden, die von der Nähmaschine auf den Boden gefallen sind, nichts Spinnenartiges entdecken. Schade, der Forschertrieb in ihm wird heute nicht befriedigt.

„Das ist keine Spinne, das sind nur Zwirnsfäden. Ihr seid solche Angsthasen, typisch Mädchen!" Er nimmt die Fäden, um ihnen damit provokant vor ihren Gesichtern herumzufuchteln. „Du bist gemein!", schreien die drei wie aus einem Munde. Kurze Zeit später setzen sie ihr Spiel fort. Also die Mädels in Schach zu halten stellt für mich kein großes Problem dar. Wenn sie zu ungestüm werden, zeige ich mich kurz und schon verharren sie in Schockstarre. Timon schenkt ihnen keinen großen Glauben mehr. Sogar Babette sagt immer, dass die beiden die Gabe besitzen, sich in alles so derart hineinzusteigern, bis die Phantasie mit ihnen durchgeht. Und Schwesterchen Sabine ist „der typische Mitläufer".

Ich helfe ja gerne bei der Kindererziehung, denn irgendwie hat es den Anschein, dass hier niemand dazu fähig ist. Aber auf Sohnemann Timon muss Papa Hadwin schon selbst achtgeben. Ich kann ihm doch nicht seine ganze Aufsichtspflicht abnehmen! Das würde ihm so passen! Auf den Jungen schaue ich nicht, basta! Ist mir auch viel zu gefährlich, da riskiere ich lieber nichts! Denn es liegt mir fern, mich in einem von Timons Reagenzgläsern wiederzufinden, um da still vor mich hinzukompostieren, nachdem er ausführlich meinen Körperbau erforscht hat. Danke, das ist nicht meine Vorstellung davon, wie ich einmal abtrete!

Einige Stunden später.
Die Sonne ist längst untergegangen. Jens hat sich mit seinen „Prinzessinnen" schon aus dem Staub gemacht und Papa Hadwin ist mit dem Abendritual beschäftigt. Also - Nachtmahl richten, Timons Schulsachen durchsehen, die beiden im Zweiminutentakt dazu auffordern, sich endlich ihrer abendlichen Körperpflege zu widmen und in ihre Pyjamas zu schlüpfen - was man eben alles so macht vor dem zu Bett gehen. Papa Hadwin möchte, dass alles perfekt erscheint, wenn Mama Ulla zurückkommt. Sie soll nur sehen, dass Männer durchaus in der Lage sind, alleine einen Haushalt zu „schupfen" und auf die Kinder zu achten. Das Letzte, was er gebrauchen kann, ist, dass Mama Ulla bemerkt, dass nicht alles so glatt abgelaufen ist und seine Bemühungen um Zucht und Ordnung ironisch belächelt. Das wäre eine Genugtuung für Mama Ulla und diese gönnt er ihr nicht!

Während alle oben im Badezimmer beschäftigt sind, laufe ich zurück ins Wohnzimmer, um mich in meinen Trichterbau hinter dem Sofa zu verschanzen. Als ich den Tag Revue passieren lasse, höre ich schon das Zuknallen einer Autotür. Babette hat Mama Ulla wohl behalten und hoffentlich entspannt zurückgebracht. Schon schwebt diese zur Tür herein. Sie fühlt sich leicht und beschwingt und trällert sofort begeistert los: „Ach Hadwin, das war so ein toller Tag! In Zukunft werde ich einmal im Monat so einen Freundinnen-Wellnesstag einplanen. Dafür darfst du dir auch einen Tag aussuchen, an dem du so ein „Männerding" mit deinen Freunden veranstalten kannst. Was hältst du davon?", fragt sie ihn mit einem treuherzigen Augenaufschlag. Sie wartet gar nicht erst die Meinung ihres Mannes ab und beginnt sofort von ihrem Tag zu erzählen. Hadwin zeigt sich sehr interessiert. Daher sprudeln die Worte nur so aus Ullas Mund heraus und Papa Hadwin kommt nicht in die Verlegenheit, lang und ausführlich von seiner Tagesgestaltung mit den Kindern berichten zu müssen. Es reicht dann bestimmt ein kurzes Statement wie: Ja, wir hatten auch einen sehr netten Tag miteinander! Darauf scheint Papa Popp jedenfalls zu hoffen. Als Mama Ulla innehält, um einmal kurz nach Luft zu schnappen, damit sie die nächste halbe Stunde in einem Atemzug weitererzählen kann, nutzt Papa Hadwin Popp diese wertvollen Sekunden, um nach dem Hypnotiseur zu fragen. Auf diese Berichterstattung war er wirklich neugierig. Das merkt man ihm an. Hatte er es doch selbst schon mal in Erwägung gezogen, sich hypnotisieren zu lassen. Zur Raucherentwöhnung machten das mittlerweile einige seiner Arbeitskollegen. Er möchte aber nur zu einem Spitzenmann! Nicht, dass er am Ende noch an einen Scharlatan gerät! Da könnte er sein Geld genauso gut aus dem Fenster werfen. Aber wenn einer dazu in der Lage ist, Mama Ulla zu therapieren, dann musste der wirklich ordentlich was los haben.

„Ach, der Hypnotiseur!", winkt Ulla lachend ab. „Stell dir vor, der gute Mann wollte mir schon nach einer Dreiviertelstunde mein Geld zurückgegeben. Ich wäre nicht therapierbar, erklärte er mir. Ich konnte mich einfach nicht darauf einlassen. Tausend Gedanken gingen mir unentwegt durch den Kopf. Ich sage dir, der arme Mann war der Verzweiflung nahe. Ihm war es unbegreiflich, wieso seine Hypnose bei mir partout nicht klappen wollte. Er probierte es wieder und wieder. So eine starke Persönlichkeit wie ich es bin, ist ihm in seiner gesamten Therapeutenlaufbahn noch nicht untergekommen, erklärte er mir kopfschüttelnd. Kann ich diese Aussage nicht auch als Kompliment auffassen? Was meinst du? Er tat mir richtig leid! Babette war allerdings sehr von ihm angetan und hellauf begeistert von der Session. Sie fand seine Stimme äußerst erotisch. Schon alleine bei dem Anblick seines muskulösen Körperbaues fiel Babette in einen tranceähnlichen Zustand. Ob sich dies tatsächlich auf ihr Rauchverhalten auswirkt, wird sich zeigen."

Papa Hadwin Popp bezweifelt nun, dass dieser Mann sein Handwerk versteht. Er beschließt Babettes Suchtverhalten in den nächsten Wochen genauer zu beobachten, bevor er sich ebenfalls so einer Hypnosetherapie hingibt. Ich finde, das war eine kluge Entscheidung. Aber da mache ich mir bei Papa Popp ohnehin keine Sorgen. Dass er einem Scharlatan auf den Leim geht, ist eher unwahrscheinlich. Dafür ist er viel zu viel Skeptiker! Wie mir scheint, eine typisch männliche Eigenschaft. Aber in diesem Fall durchaus nützlich, denn der Hypnotiseur erwies sich als Flop. Mama Ulla sprach nicht auf die Hypnosetherapie an und gilt seither als hypnoseresistent. Auch ihre Freundin Babette raucht nach wie vor wie ein Schlot. Ich möchte nicht behaupten, die Therapie hätte gar nichts bewirkt, sie raucht nun statt zehn Zigaretten ein ganzes Päckchen täglich. Mit einem Wort – der gute Mann war sein Geld definitiv nicht wert!
Aber ich möchte ihm nichts Schlechtes nachsagen. Denn den Dickschädel dieser beiden Frauen zu manipulieren war bestimmt kein einfaches Unterfangen. Sie waren schlichtweg nicht bereit dazu, sich auf ihn einzulassen. Der arme verzweifelte Mann bot gar Mama Ulla an, ihr sein Honorar zurückzuerstatten. Er merkte sofort, dass die Chemie zwischen ihnen nicht stimmt. Doch sie ließ ihm gönnerhaft das Geld. Immerhin hatte er sich im Endeffekt über eine Stunde mit ihr abgemüht. Sie fühlte sich auch irgendwie schuldig, da sie nicht eine Sekunde bei der Sache war. Da hätte es schon eine Holznarkose gebraucht, um sie auszuknocken.

Ich hatte meine ganze Hoffnung in diese Hypnosetherapie gesetzt. Es war wirklich sehr enttäuschend für mich. Mein Traum von einem harmonischem Zusammenleben mit Mama Ulla zerplatzt in diesem Moment wie eine Seifenblase. Ich beschließe mit meinen Suggestionen so lange weiterzumachen, bis ich eine bessere Idee dazu habe.

Kapitel 11

Papa Hadwin Popp fährt auf Kur

Eines Tages beschließt Papa Popp endlich einmal etwas für sich zu tun. Er kommt nun in das Alter, wo es ratsam ist, seinen Körper fit zu halten. Die ersten Verschleißerscheinungen machen sich bemerkbar, also sucht er kurzerhand um einen Kuraufenthalt an. Alle seine Arbeitskollegen und - kolleginnen kuren regelmäßig. Es wäre ja furchtbar dumm von ihm, es ihnen nicht gleich zu tun. Seine Ulla besteht auf ihren monatlichen Wellnesstag, er erledigt die Regeneration von Körper und Seele eben auf diese Weise. Wer weiß, wie lange man noch diese Annehmlichkeit von den Krankenkassen genehmigt bekommt!

Mama Ulla Popps Begeisterung über Papa Hadwins Entschluss ist sehr verhalten. Doch befürwortet sie es, wenn ihr Mann auf seine körperliche und seelische Gesundheit achtet. Somit verkneift sie es sich schweren Herzens, ihm sein Vorhaben auszureden. Vielleicht tut ihnen ein räumlicher Abstand über die Dauer von drei Wochen ganz gut. So eine vorübergehende Trennung vermag oftmals die Beziehung zu beleben, was wiederum durchaus positiv für sie beide wäre. Das kann doch nie schaden! Mama Ulla freundet sich mit dem Gedanken an, in nächster Zeit ein Strohwitwendasein zu führen. Sabinchen und Timon wissen noch nicht recht, was sie davon halten sollen. Immerhin ist Papa Hadwin Popp der Ruhepol in ihrer Familie. Zur Not müssen sie Opa „ins Boot" holen! Der schafft es ebenfalls ganz wunderbar, Mama Ulla zu beruhigen, wenn sie wieder einmal ihren hektischen Tag hat. Der Opa wird Papa Hadwin gut vertreten während seiner Abwesenheit, da sind sich die beiden sicher.

Zwei Wochen später bringt der Postbote den Bescheid, dass die Kur für Papa Hadwin Popp genehmigt ist. Schon in zehn Tagen ist es soweit. Die Wintermonate sind bei den Leuten nicht so begehrt für Kuraufenthalte, daher der schnelle Termin.

Papa Hadwin bekommt nun richtig Stress! Er checkt noch das ganze Haus, ob auch alles in Ordnung ist. Nicht, dass Mama Ulla in der Zeit, wo er nicht zu Hause ist, irgendwelche Unannehmlichkeiten hat. Ihren Nachwuchs alleine in Schach zu halten ist Arbeit genug und der Haushalt erledigt sich auch nicht von alleine. Aber er freut sich riesig auf seine Kur. Noch dazu kommt er in eine tolle Gegend. Berge – Seen – urige Berghütten – alles vorhanden, was sein Herz begehrt! An den Wochenenden wird er Schneewanderungen einplanen. Mama Ulla hat er ihr Vorhaben, ihn an den Wochenenden mit den Kindern zu besuchen, schon erfolgreich ausgeredet. Man kann doch nie wissen, wie die Witterung in den Wintermonaten sein wird. Es zahlt sich nicht aus ins Schneegestöber zu geraten, wegen eines Tages trauter Zweisamkeit. Das hat Ulla auch eingesehen.

Die zehn Tage waren rasch um. Papa Hadwin Popp verfrachtet sein Gepäck ins Auto, trinkt noch eine Tasse Kaffee mit seiner Ulla, balgt zum Abschied mit Sohnemann Timon herum, herzt und drückt Klein-Sabinchen, gibt allen dreien einen dicken Kuss und schon ist er weg. Ich mag so Abschiede nicht. Meine sentimentale Seite kommt zum Vorschein und ich bin fast ein bisschen traurig. Das werden bestimmt lange drei Wochen. Katze Minki ist nun meine einzige Vertraute hier. Jetzt ist Timon der Mann im Haus! Ihn hätte ich gerne auf meiner Seite gehabt. Doch aufgrund seines neuen Hobbys hat er barbarische Züge angenommen. Ihm traue ich nicht mehr über den Weg. Ich mag gar nicht daran denken, wie viele Krabbeltierchen in seinen Reagenzgläsern den grausamen Erstickungstod gefunden haben. Ich möchte nun wirklich nicht wissen, wie sich das Ganze auf sein Karma auswirkt! Der arme Junge hat keinen blassen Schimmer, was er damit anrichtet. Hoffentlich ist man ihm einmal gnädig. Nicht, dass er auch einmal als Käfer in einem Glas verreckt. Im Grunde ist er ein guter Junge. Er ist sich seiner Schandtaten gar nicht bewusst! Ich muss ihn irgendwie warnen. Vielleicht reagiert er auf meine Suggestionen. Für seine biologischen, wissenschaftlichen Untersuchungen kann er genauso gut tote Insekten verwenden. Dazu muss er nicht lebende einfangen, und ich würde mich in seiner Gegenwart auch wieder etwas wohler fühlen. Ich werde es versuchen! Kinder sprechen bekanntlich besser und schneller auf solche Therapien an. Die sind viel feinfühliger als die Erwachsenen. Mir kommt vor, die haben noch so etwas wie einen sechsten Sinn! Leider geht dieser bei den meisten Menschen mit zunehmendem Alter verloren. Dem Timon ins Gewissen zu reden wird mein nächstes Projekt! Man wächst ja bekanntlich mit seinen Aufgaben. Viel Arbeit wartet in den nächsten Nächten auf mich. Das Beste wird es wohl sein, wenn ich mich ins Obergeschoß begebe. Ich beziehe mein Ausweichdomizil in Timons Zimmer. Oder nein! Besser ist es, ich begebe mich wieder ins Schlafzimmer. Die Türen sind nächtens ohnehin immer einen Spalt offen. Denn in einem Raum zu verweilen, in dem so viele Leichen gehortet werden, finde ich äußerst gruselig! Außerdem kann ich so auch bei Mama Ulla weiter mein Glück versuchen. Ich habe die Hoffnung noch nicht ganz aufgegeben, sie eines Tages von ihrer Spinnenphobie zu heilen. Okay, heilen ist wahrscheinlich unrealistisch. Aber wenn ihr mein Anblick nicht mehr so einen furchtbaren Schreck einflößt, wäre das schon ein Mega-Erfolgserlebnis.

Ich habe ja den leisen Verdacht, dass Mama Ulla ihre Angst vor Spinnen in Wahrheit gar nicht mehr ganz loswerden will. Nach dem therapeutischen Flop an ihrem Wellnesstag wurde sie von sich aus bei einem Psychotherapeuten vorstellig. Ihm vertraute sie - wie sie eines Abends Papa Popp erzählte - etwas beschämt an, dass sie sich vor Spinnentieren fürchterlich ekelt, ja sogar fürchtet. Sie könne sich noch so zusammen nehmen, es sei zwecklos. Beim Anblick einer Spinne sei sie vor Angst wie gelähmt und habe nur noch die Möglichkeit lauthals zu brüllen, damit irgendjemand sie aus ihrer misslichen Lage rette und dieses grausliche Mistvieh entfernen möge. Ihr sei durchaus bewusst, dass dadurch ihre Autorität und Vorbildwirkung ihren Kindern gegenüber leide, aber sie könne dieses Verhaltensmuster nicht ablegen. Sogar ein angesehener Hypnotiseur sei an ihrer Spinnenphobie gescheitert. Der Therapeut erklärte ihr, dass sie mit ihren Ängsten keinesfalls alleine sei. Jede dritte Frau leide mehr oder weniger an dieser sogenannten Arachnophobie! Der Anteil an davon betroffenen Männern sei viel geringer.

Mama Ulla ist begeistert! Das gibt es wirklich, ihre Reaktion liegt noch durchaus im „Normalbereich". Sie ist nicht verrückt, irre oder hysterisch! Endlich hat „das Kind einen Namen", wie man so schön sagt. Nämlich Arachnophobie! Es gibt nun keinen Grund dafür, dass Hadwin sie und ihre Spinnenangst vor allen Freunden lächerlich macht. Ab heute leidet sie hochoffiziell an Arachnophobie! Basta!

Ein neuerlicher Rückschlag für mich und meine Bemühungen, Mama Ulla die Angst auszutreiben. Wahrscheinlich habe ich nun auch ihr Unterbewusstsein gegen mich. Denn Mama Ullas größte Sorge war es, dass ihre übertriebene Reaktion auf Spinnentiere schon die Vorstufe zum Wahnsinn ist. Nun wurde sie eines Besseren belehrt. Sie ist damit nicht alleine, im Gegenteil! Also findet sie auch keinen Grund mehr dafür, sich mit diesem Problem weiter auseinanderzusetzen. Sie findet sogar, es hat etwas Interessantes, Geheimnisvolles, wenn sie sich outet und erzählt, dass sie unter massiver Arachnophobie leidet. Die meisten ihrer Freundinnen können da nur mit einer Migräne aufwarten. Viel zu alltäglich für Mama Ullas Geschmack. Bei ihren Frauenrunden matchen sich die Damen jedes Mal mit ihren besonderen Befindlichkeiten. Sie sind der Stoff für angeregte Diskussionen. Nun kann sie endlich mitreden! Ulla hatte schon befürchtet, sie müsse sich bis zum Einsetzen ihrer Wechselbeschwerden im Hintergrund halten. Worüber sollen Frauen auch schon groß reden? Außer über Männer, Kinder, Kochen, Haushalt und Befindlichkeiten gibt es kaum mehr Themen, wenn man im hausfräulichen Alltagstrott gefangen ist. Auch die paar Stunden im Büro bringen nicht viel Gesprächsstoff, um spannende, abwechslungsreiche Unterhaltungen unter Freundinnen führen zu können. Ich muss zugeben, es ist nicht leicht für Mama Ulla sich in ein interessantes Licht zu rücken.

Papa Hadwin Popp ist nun schon eine ganze Weile weg und ich stelle fest, Mama Ulla nützt diese Gelegenheit, um die Heizung ordentlich hochzudrehen. Ich denke dies macht sie aus purem Trotz, da Papa Hadwin ein wahrer Sparmeister ist, was die Heizkosten angeht. Dieser Umstand nervt Mama Ulla ganz fürchterlich. So ist es ihr eine Genugtuung, die Heizkörper mal so richtig zum Glühen zu bringen. Endlich hat ihr Dauerfrösteln ein Ende! Doch ich leide schrecklich in diesen überheizten Wohnräumen. Sogar im Schlafzimmer wird nun geheizt! Wenn das Papa Hadwin Popp wüsste, der würde auf der Stelle seine Sachen packen und nach Hause kommen, um dieser unsinnigen Energieverschwendung ein Ende zu bereiten. Meine zarte Spinnenhaut hält diese viel zu trockene Luft gar nicht aus. Ich muss mir unbedingt etwas einfallen lassen, sonst vertrockne ich hier noch bei lebendigem Leib! Nach langen Überlegungen beschließe ich, es Papa Hadwin Popp gleich zu tun und auch zu kuren. Ich warte einen günstigen Zeitpunkt ab, um unbemerkt ins Badezimmer zu gelangen. Es dauert gar nicht lange, bis Sabinchen die Badezimmertür früh morgens offen lässt. Als alle das Haus verlassen haben, krabble ich höchst motiviert in meinen auserkorenen Wellnessraum. Schön ist es hier! Es ist hell, die Luft ist feucht und die Gerüche von diversen Seifen, Shampoos und Duschgels empfinde ich als überaus angenehm. Hier lässt es sich aushalten! Ich spüre, wie jede Pore meines Körpers giert nach dieser angenehmen, feuchten Luft in diesem Raum. Voller Glücksgefühle krabble ich in die Badewanne. Sehr behaglich! Hier kann ich so richtig entspannen. Die Sonne scheint zum Dachfenster herein und erwärmt auf wohlige Weise den Raum. Ein paar Pfützen in der Wanne geben noch mehr Feuchtigkeit ab. Ich genieße es so sehr, dass ich selig dahinschlummere. Ich kann nun nachvollziehen, was Mama Ulla und Papa Hadwin so toll an Wellness finden. Hätte ich das gewusst, wäre ich schon viel früher hier hergekommen, um zu kuren. Ich habe es ja einfach, ich muss nicht zuvor sämtliche Anträge ausfüllen und auf eine Genehmigung warten. Ich kann es einfach tun!

Den ganzen lieben Tag über suhle ich mich in der Badewanne und genieße. So entspannt war ich schon lange nicht mehr! Katze Minki kommt ebenfalls dazu, beschnuppert mich kurz, merkt aber ganz schnell, dass ich heute keine Lust auf Spielchen habe. Sie rollt sich auf der Badematte vor der Wanne zusammen und lässt sich von den Sonnenstrahlen wärmen. Bald schon schläft sie tief und fest. Anscheinend hat sich meine ausgeglichene, entspannte Energie auf das Katzentier übertragen. Katzen sind ja bekanntlich sehr feinfühlig. Das „Tüpfelchen auf dem I" wäre es noch, wenn eine schmackhafte Assel vorbeikrabbeln würde. Gegen einen Snack zwischendurch hätte ich nichts einzuwenden. Das, fürchte ich, wird allerdings ein Wunschtraum bleiben! Aber eine kleine Fliege hat sich ins Badezimmer verirrt. Doch für das Jagen bin ich eindeutig zu faul heute. Das würde mich zu sehr aus meiner Lethargie bringen und der entspannende Effekt meines Wellnesstages wäre dahin. Vielleicht traut sich die kleine tollpatschige Fliege zu einer der Wasserpfützen in der Badewanne, dann schlage ich zu. So bekäme ich sie quasi wie auf einem Silbertablett serviert. Die Sache ist nur die, sie darf Katze Minki nicht zu sehr reizen und in ihrem Schönheitsschlaf stören. Denn sonst wird sie zum Snack für Minki. Komme was wolle! Ich jedenfalls genieße, relaxe, schlafe und suhle mich weiter in dieser Badewanne, die ich heute ganz für mich habe! Ich strecke all meine acht Beine weit von mir und lieg da, flach wie eine Flunder.

Ich merke gar nicht, wie Katze Minki nach einigen Stunden das Badezimmer verlässt, so tief bin ich versunken im Land der Träume. Ich träume von kleinen Flöhen, die meine strapazierten Beine massieren. Von Ameisen, die mir in Blütenblättern Nektar zum Trinken reichen. Ich träume vom Sommer, vom Garten, von Spinnenmännchen, die um meine Gunst kämpfen. Ich weigere mich aus meinen Träumen zu erwachen und gleite immer tiefer in die Phantasien meines Unterbewusstseins. Ich bemerke gar nicht, dass die Sonne schon längst hinter den Hügeln untergegangen ist und der Abendstern beim Fenster hereinleuchtet. Mama Ulla, Timon und Sabinchen sind längst wieder zu Hause. Ich höre nicht das Lachen und Toben der Kinder, und auch nicht Mama Ullas verzweifelte Versuche ihren Nachwuchs zu bändigen. Um die Abendpflege ihrer Kinder etwas voranzutreiben beschließt Ulla, sich in das Badezimmer zu begeben, um schon mal das Badewasser einlaufen zu lassen. Sie sehnt sich danach, entspannt am Sofa zu sitzen und in Ruhe ein Glas Rotwein zu genießen, wenn die beiden endlich in ihren Betten liegen. Sie denkt an Papa Hadwin. Sie beneidet ihn um seine kinderlose Zeit, in der er höchstwahrscheinlich von vorne bis hinten verwöhnt wird. In Gedanken versunken betritt sie das Badezimmer, richtet Badetücher her und schaltet den Heizstrahler ein. Doch als sie mit dem Stöpsel den Abguss der Wanne verschließen möchte, passiert das nicht abwendbare Desaster. Mama Ulla entdeckt mich, wie ich mich in der Wanne suhle. Prompt werde ich durch einen ohrenbetäubend lauten, schrillen Schrei aus meinen Träumen gerissen. Zum Glück sind wir Spinnentiere nicht mit Ohren herkömmlicher Art ausgestattet. Wir hören über unsere feinen Härchen am Körper. Mit ihnen nehmen wir die Schwingungen auf. Da hat der liebe Gott mal mitgedacht! Denn dieses markdurchdringende Gekreische ist ja nicht auszuhalten. In dem Moment waren die Schwingungen durch Mama Ullas Schrei so stark, dass es all meine Härchen in eine Richtung fegt, als wäre ich in einen Orkan geraten! Wäre ich mit Ohren geboren worden, hätte ich spätestens jetzt mein Gehör verloren. Sofort wird in meinem Gehirn der Fluchtmodus aktiviert und ich versuche über die schräge Rückwand der Wanne zu türmen. Ein lauter Knall erschüttert plötzlich den Raum. So, dass ich wieder die Wanne hinunterpurzle. Mama Ulla ist verschwunden und hat die Tür hinter ihr so toll zugeschlagen, dass kleine Mauerteilchen neben dem Türstock abbröckeln und auf den Boden fallen. Na, das nenne ich einen Abgang! Wenigstens war sie noch soweit bei Sinnen, dass sie den Heizstrahler wieder ausmachte. Ich höre, wie sie ihren Kindern hysterisch befiehlt, das Nötigste in eine Tasche zu packen und auch die Schultaschen mitzunehmen. „Wir verlassen auf der Stelle das Haus! Ohne Widerrede!", brüllt sie. Die Kinder wissen nicht recht, was passiert ist. Sabinchen weint und Timon kann seine Neugierde kaum mehr bändigen. Er will unbedingt zu mir ins Badezimmer. Heldenhaft erklärt er sich dazu bereit mich einzufangen! So, wie Papa Hadwin es ihm gezeigt hat. Doch Mama Ulla versperrt Timon den Weg. „Keiner von euch öffnet diese Tür!", kreischt sie aufgebracht. „Packt euch zusammen, wir fahren zu Oma und Opa! Sofort! Ich bleibe keine Minute länger mit dieser Bestie unter einem Dach!" Nun freut sich Sabinchen. Sie liebt es bei ihren Großeltern zu übernachten. Timon hingegen möchte seine Mutter umstimmen. Er vermisst jetzt schon sein Zimmer und sein cooles Bett. „Ich möchte kein Wort mehr von dir hören, Timon, und jetzt steig in den Wagen!", befiehlt Mama Ulla. Dann fällt die Tür in das Schloss und weg sind sie.

Ich sitze noch immer ganz benommen vor Schreck in der Badewanne. Doch von Minute zu Minute erhole ich mich und kann wieder einen klaren Gedanken fassen. Ich muss hier unbedingt weg, bevor sie zurückkommen. Ich krabble die Wanne hoch und an der verfliesten Wand hinunter. Nun stehe ich vor der verschlossenen Badezimmertür und mir wird bewusst, dass ich hier in diesem Raum gefangen bin. Panik steigt in mir hoch. Ich krabble so schnell mich meine Füße tragen zur gegenüberliegenden Wand. Vielleicht ist das Fenster einen Spalt offen. Das ist meine letzte Hoffnung, um hier rauszukommen. Doch auch dieser vage Hoffnungsschimmer zerplatzt wie eine Seifenblase. Es bleibt mir nichts anderes übrig als hier auszuharren. Ich muss mir ein richtig gutes Versteck suchen. Das ist meine einzige Chance. Ich klettere wieder eine Wand hoch und verschanze mich hinter dem Alibert. Auf dem Spiegelschrank thront eine wunderschöne Orchidee. Ideal! So kann ich mich wenigstens an ihrem Blütennektar laben. Ich habe ja nicht die leiseste Ahnung, wie lange ich hier drinnen eingeschlossen sein werde. Womöglich bis Papa Hadwin Popp von seiner Kur heimkehrt. Ich muss es hinnehmen wie es kommt, so viel steht fest!

Katze Minki kratzt an der Tür und miaut. Offensichtlich macht sich das Katzentier schon Sorgen um mich. Schön eigentlich! Das erste Mal fühle ich mich geliebt, seit ich hier bei den Popps lebe. Wenigstens Katze Minki weiß, was sie an mir hat. Nämlich eine Spielgefährtin und Freundin, aber auch einen wahren Kumpel zum „Flöhe stehlen"! Immer wieder bearbeitet Minki die Tür mit ihren Pfoten. Anscheinend versucht meine gewiefte Katzenfreundin auf die Türschnalle zu springen. Diese bewegt sich zwar ein kleines bisschen, doch leider viel zu wenig. Minki schafft es nicht die Tür zu öffnen. Ich bewundere ihren beherzten Einsatz! Nun hätten wir sturmfreie Bude, um ungestört durch das Haus toben zu können. So, und jetzt sitze ich hier fest! Ich wage mich hinter dem Alibert hervor, um es mir unter einem Blatt der Orchidee gemütlich zu machen. Das ist sicher ein genauso gutes Versteck. Noch dazu sehr behaglich! Ich beschließe, bis zu meiner Befreiung das Beste aus dieser verfahrenen Situation zu machen und weiter zu kuren. Katze Minki wird bestimmt ebenso die Gunst der Stunde nutzen und es sich im Ehebett der Popps gemütlich machen. So gut kenne ich Minki schon. Das Schlafzimmer ist normal die absolute Tabuzone für das Katzentier. Manchmal habe ich das Gefühl, wir können uns allein über unsere Gedanken verständigen. Telepathie nennt man so etwas! Vielleicht ist Minki meine Seelenpartnerin? Verrückt! Ich muss mir eingestehen, ich liebe diese charakterstarke Katzendame.

Der nächste Morgen ist angebrochen.
Ich schlummere noch immer selig unter dem Orchideenblatt. Der betörende Duft dieser wunderbaren Blume integriert sich fabelhaft in meine Träume. Im Traum entsende ich diesen süßlichen, unwiderstehlichen Geruch, um damit einen stattlichen Spinnenprinzen anzulocken. Es gelingt! Ich erhasche den letzten adeligen Stammhalter

meiner Spezies, der auch was taugt! Endlich scheint das Glück auf meiner Seite zu sein. Doch meine Glückseligkeit dauert nicht lange an. Ich werde durch das laute Zuknallen einer Autotür abrupt geweckt. „Willkommen in der Realität, Spindarella!", sage ich schlaftrunken mit einem bedauerlichen Unterton zu mir selbst. Mama Ullas Vater, Opa Franz, gehört anscheinend zu der Gattung der Frühaufsteher! Alte Leute benötigen bekanntlich schon weniger Schlaf. Außerdem gehen die etwas älteren Semester mit den Hühnern schlafen und beklagen sich dann über Schlafstörungen. In diesem Punkt werde ich die menschliche Rasse nie verstehen.

Opa Franz schließt die Haustür auf und begrüßt mit seinem lauten Organ Katze Minki. Beschwerlich schleppt er sich die Treppe hoch, um mich im Badezimmer aufzuspüren. Nun wird mir doch ein wenig mulmig zumute. Er wurde sicherlich von Mama Ulla auf mich angesetzt. Die ist imstande und hat Kopfgeld auf mich ausgesetzt! Nachdem Mama Ulla Popp meinetwegen das Haus samt den Kindern fluchtartig verlassen hat, traue ich ihr alles zu. Aber der Grund seines morgendlichen Besuches war ein anderer. Opa Franz hat sich freiwillig dazu bereiterklärt als Kammerjäger zu fungieren, um so schnell wie möglich Tochter Ulla aus seinem Haus zu bekommen.

Die Kinder stören ihn nicht. Im Gegenteil. Die bringen Leben in die Bude! Doch mit seiner Tochter kann er unmöglich unter einem Dach leben. Er weiß nicht, wie Mama Ulla das schafft! Aber kaum ist sie ein paar Stunden da, ist nichts mehr von der üblichen Harmonie zu spüren, die sonst bei ihnen herrscht. Sogar Oma Liese war von dieser Situation sichtlich irritiert heute Morgen. Daher hat er sich sofort nach dem Frühstück zusammengepackt, um seiner Aufgabe als Kammerjäger nachzukommen. Obwohl er ja nichts mehr hasst, als wenn er morgens seine Tageszeitung nicht in aller Ruhe lesen kann.

Man muss den Tag ruhig angehen! So ist seine Lebensphilosophie, von der er seiner Tochter offensichtlich nichts mitgeben konnte. Er vermutet sogar, dass sie nach der Geburt im Krankenhaus vertauscht worden war. Ähnelte sie in ihren Charaktereigenschaften doch weder ihm noch seiner Frau Liese.

Es ist nicht so, dass er seine Tochter nicht von ganzem Herzen liebt, aber das Zusammenleben mit ihr gestaltet sich als äußerst anstrengend und schwierig. Ulla hat ihre Sichtweisen und Standpunkte, von denen sie keinen Millimeter abweicht. Ein unverbesserlicher sturer Dickkopf ist sie! Opa Franz ist der Ansicht, dass seinem Schwiegersohn die Tapferkeitsmedaille gebühre. Er war so glücklich darüber, dass Papa Hadwin Ulla zur Frau genommen hat. Dieser mutige Kerl! Er hatte eigentlich die Hoffnung aufgegeben, dass sich ein junger, intelligenter, fescher Mann so etwas freiwillig antut. Ja, wo die Liebe hinfällt! Ihm wurde damals klar, was es mit dem Sprichwort auf sich hat: „Liebe macht blind!" Die Kinder sind in dieses Dilemma hineingeboren worden. Sie kennen ihre Mutter nicht anders und empfinden ihre verkorksten Eigenschaften als normale Verhaltensmuster. Papa Hadwin meint stets dazu: „Frauen eben!" Also schlussfolgern seine Enkel, dass Mama Ullas Verhalten in der Natur der Frauen liegt. Timon legt sich jetzt schon einen imaginären Schutzpanzer zu, um später für seine ihm angetraute Frau gewappnet zu sein. Und Sabinchen freut sich über ihren Freibrief zum Zicken, da sie ja dem weiblichen Geschlecht angehört.

Mama Ulla ist schon speziell, um es mal vorsichtig auszudrücken. Oma Liese hat jedoch ihre eigene Theorie dazu. Sie findet, dass Mama Ulla genau genommen Opas Verhalten spiegelt. Er weicht ebenso wenig von seinem Standpunkt ab wie seine Tochter. Auch er ist der Meinung, Gott und die Welt müssten nach seiner Pfeife tanzen. Ja, der Apfel fällt nicht weit vom Stamm! Zwei so starke Persönlichkeiten tun sich eben schwer miteinander. Zum harmonischen Zusammenleben braucht man immer einen Gegenpol, so ist zumindest die Ansicht von Oma Liese. Davon will Opa Franz schon mal gar nichts wissen. „So ein Blödsinn!", meint er dazu stets abwehrend. Denn diese hysterische Reaktion auf alles, was krabbelt, hat sie bestimmt nicht von ihm geerbt! Zieht mit Sack und Pack aus ihrem Heim aus wegen einer harmlosen Spinne. Die Sinnhaftigkeit solcher kopflosen Aktionen kann er beim besten Willen nicht nachvollziehen. Wo bleibt da die Vorbildwirkung gegenüber ihren Kindern? So schürt man Ängste und gibt sie erfolgreich an seine Nachkommen weiter. Kürzlich erst hat Opa Franz dies in einem Bericht über Phobien gelesen.

Schon kann ich erkennen, wie die Türklinke nach unten gedrückt wird. Schnell schicke ich ein Stoßgebet zum Himmel. So ein direkter Draht zum lieben Gott kann in meiner brenzligen Situation bestimmt nicht schaden. Ich habe gehört, dass der für alle Lebewesen auf Erden zuständig ist. Davon sind Spinnentiere nicht ausgenommen! Also strenge dich an, lieber Gott! Schick´ mir ein Wunder! Mach´ mich unsichtbar! Ich kauere mich unter dem Orchideenblatt zusammen. Meine acht Beine ziehe ich so gut es geht ein, um sie ganz dicht an meinem Körper zu positionieren. So, dass ich eher einer kleinen schwarzen Kugel ähnle. Im ersten Moment kann man mich kaum von den Leca-Kugeln um mich herum unterscheiden. Die perfekte Tarnung! In der Not wird man einfallsreich! Opa Franz steht nun bewaffnet mit einer Fliegenklatsche und einer Zeitung vor der Badewanne. Sein Blick streift die Wände entlang. Seine Augen gleichen Suchscheinwerfern. Er rückt die Kästchen vor, sucht unter der Wäschetruhe, inspiziert ganz genau jeden Winkel des Badezimmers. Katze Minki leistet ihm mittlerweile Gesellschaft. Sie tut gerade so, als ob sie ihn bei der Suche unterstützen möchte und schnüffelt ebenfalls in jede Ecke. Es gibt keinen Gegenstand, den Opa Franz nicht dreimal untersucht, um mir auf die Spur zu kommen. Ich glaube, er hat sich fest vorgenommen diesen Raum nicht ohne meine Leiche zu verlassen. Nicht gerade die besten Karten für mich! Deshalb versuche ich mich noch eine Spur kleiner zu machen. Katze Minki erkennt den Ernst der Lage. Gekonnt wickelt sie Opa Franz um ihren Finger, sprichwörtlich gesehen, indem sie sich laut schnurrend zwischen seine Beine schmiegt. Er bückt sich zu Minki hinunter und streicht liebevoll über ihren Rücken. Was sie ihm mit noch intensiverem Schnurren dankt. Nun verliert Opa Franz die Lust an seiner Jagd auf mich. Er folgt Minki aus dem Badezimmer. Ich höre ihn noch zu meiner Katzenfreundin sagen: „Wahrscheinlich ist dieses Spinnenvieh freiwillig den Abguss hinunter, um ein zweites Zusammentreffen mit meiner Ulla zu vermeiden." Vorsichtshalber lässt er die Badezimmertür offen, falls er mich doch übersehen hat und erklärt dem Katzentier: „Die ist dann hoffentlich so klug und haut ab!"

„Ja, so klug ist sie!", sage ich laut zu mir. Dieser Opa Franz war mir schon immer sehr sympathisch. Ich wusste, ganz tief in seinem Innersten hat er ein Herz für uns Spinnentiere. Hätte ihn der mögliche Verlust seines Hausfriedens durch Mama Ulla nicht so derart unter Druck gesetzt, wäre er bestimmt der Letzte, der auf Spinnenfang ginge. Opa Franz ist ein kluger Mann und sich der Nützlichkeit der Spinnen durchaus bewusst. Er würde uns niemals freiwillig etwas zuleide tun. Da sieht man wieder, was das mit friedlichen Menschen macht, wenn sie um die Existenz ihres ruhigen Lebens fürchten müssen. Sie tun alles dafür, um die gewohnte Harmonie in ihren eigenen vier Wänden wieder zu erlangen. Verständlich! Ich bin Opa Franz auf jeden Fall unendlich dankbar für seine indirekte Hilfe zu meiner Flucht. Sobald er und Katze Minki die Stiege hinuntergegangen sind, krabble ich unter dem Orchideenblatt hervor. Ich muss mich mal ordentlich durchstrecken. Diese zusammengekauerte Stellung war ganz schön anstrengend für mich. Vorsichtig krabble ich die Wand hinunter und dann laufe ich, ohne mich noch einmal umzusehen, hinaus auf den Flur und schnurstracks in Timos Zimmer. Sowie die Luft rein ist und Opa Franz das Haus verlassen hat, werde ich mich hinunter ins Wohnzimmer begeben. In mein altbewährtes, sicheres, gemütliches Domizil hinter dem Sofa. Vom „Kuren" habe ich für das Erste genug. Das ist mir doch zu aufregend. Da plage ich mich schon lieber mit dem unangenehmen Juckreiz meiner Haut herum, wegen der durch das Heizen zu trockenen Luft. Außerdem werden die Tage allmählich schon wieder wärmer und die Heizsaison geht bald dem Ende zu. Zumindest muss man nicht mehr den ganzen Tag wie verrückt durchheizen.

Ich kauere in meinem Versteck in Timons Zimmer und lausche einem Telefonat, das Opa Franz mit Mama Ulla führt. Freudig berichtet er seiner Tochter, dass er seine Mission erfolgreich erledigt hat. Seiner Reaktion nach kann ich vernehmen, dass ihm Mama Ulla kein Wort glaubt. Er hatte sie in der Vergangenheit schon des Öfteren angeflunkert, nur um sie zu beruhigen. Eindrucksvoll schildert Opa Franz nun meinen dramatischen Todeskampf in allen Einzelheiten, bis er mich endgültig „um die Ecke brachte". Geradezu bestialische Gedankenspiele! Wenn ich ihm so zuhöre, läuft mir ein kalter Schauer über den Rücken. Soviel Phantasie hätte ich ihm gar nicht zugetraut! Doch Mama Ulla kann sich gar nicht satt hören an seiner grausigen Schilderung. Sie möchte den Tathergang immer und immer wieder hören. Wahrscheinlich prüft sie auf diese Weise seine Aussage auf etwaige Ungereimtheiten, bevor sie ihm traut und seiner Erzählung Glauben schenkt. An Mama Ulla ist eine begabte Kriminalbeamtin verloren gegangen. Sie hat wirklich das Zeug dazu! Doch auch Opa Franz ist „mit allen Wassern gewaschen". Er merkt sofort, worauf seine Ulla hinaus will. Er muss akribisch aufpassen. Sehr bedacht wählt er daher seine Sätze. Zum Schluss bietet er ihr noch an, ihr meine sterblichen Überreste in einem Reagenzglas zu präsentieren. Dies lehnt Mama Ulla jedoch dankend ab.

1:0 für Opa Franz! Mama Ulla ist nun vom Wahrheitsgehalt seiner Geschichte überzeugt und beschließt mit ihren Kindern zurückzukommen. Opa Franz ist sichtlich erleichtert. Das erkenne ich an dem lauten Jubelschrei, den er nach dem Auflegen des Telefonhörers ausstößt.

Kapitel 12

Vorfreude auf Papa Popps Heimkehr!

Die Eingangstür fällt ins Schloss. Opa Franz hat das Haus verlassen. Sofort mache ich mich auf den Weg ins Erdgeschoß. Katze Minki kommt mir schnurrend entgegen. Sie wirkt sehr erleichtert darüber, dass mich Opa Franz nicht entdeckt hat. Mittlerweile haben wir uns schon sehr aneinander gewöhnt. Wenn ich an den warmen Frühling denke, überkommt mich etwas Wehmut. Denn sobald es die Wetterlage zulässt, werde ich mein fabelhaftes Sommerquartier in der Mauerritze renovieren. Im Garten können wir allerdings nicht so schön miteinander spielen. Aber es wäre unnatürlich, wenn ich im Haus wohnen bliebe.

Außerdem bin ich ja noch auf der Suche nach meinem „Spinnenprinzen"! Den gibt es bestimmt irgendwo da draußen, da bin ich mir ganz sicher. Er ist womöglich schon die ganze Zeit auf der Suche nach mir, wer weiß? In den Filmen, die sich Mama Ulla immer ansieht, ist es ganz oft so! Ich muss feststellen, das Liebesleben der Menschen ist ähnlich dem der Spinnentiere. Nur, dass die Weibchen ihre Männchen nicht fressen. Dafür werden die Menschenmännchen in diesen Filmen von ihren aufgebrachten Weibchen ab und zu vergiftet, erstochen oder sogar erschossen. Also auch nicht viel besser. Wir Spinnendamen verwerten unsere toten Männchen sogleich. Das macht auf jeden Fall mehr Sinn!

Vielleicht habe ich dieses Jahr mehr Glück mit der männlichen Spezies. Man darf die Hoffnung niemals aufgeben! Diese Weisheit haben mir meine Tanten auf meinen Lebensweg mitgegeben. Ich wäre nun wirklich bereit dazu, eine Familie zu gründen. Es würde mich freuen, wenn Katze Minki und ich einen Weg finden, wie wir weiterhin Kontakt halten können. Zum Glück werden noch viele Wochen vergehen, bis meine Übersiedelung in den Garten spruchreif wird. Ich habe also ausreichend Zeit mir etwas zu überlegen, wie unsere ungewöhnliche Freundschaft weiterhin Bestand haben kann. Außerdem könnte sich das Katzenvieh auch den hübschen Kopf darüber zerbrechen und brauchbare Lösungsvorschläge bringen.

Oh Gott! Ich reagiere schon wieder zickig! Wie immer, wenn baldige Veränderungen meiner Lebensbedingungen ins Haus stehen. Ich kann so schlecht mit Veränderungen umgehen! Ich wirke dann unausstehlich auf meine Umwelt. Meistens wenden sich dann alle, die ich liebgewonnen habe, schon im Vorhinein von mir ab und ich bleibe als „Einzelkämpferin" über. Ich möchte nicht, dass mir das mit Katze Minki auch passiert. Dieses Mal werde ich es nicht verbocken!

Aber nun ist es genug mit meinem „Kopfkino" und den Gedankenspielereien! Es ist noch viel Zeit bis dahin. Ich muss im „Jetzt" leben! Und „jetzt" freue ich mich darauf, dass Papa Hadwin Popp bald wieder nach Hause kommt. So wie alle übrigen Familienmitglieder auch!

Die Kinder sind den ganzen Tag über damit beschäftigt, Willkommensgeschenke für ihren Papa zu basteln. Sehr rührend! Es zeigt, wie sehr sie Papa Hadwin schon vermissen. So eine Kur dauert schon eine lange Zeit. Vor allem den Kindern kommen diese drei Wochen wie eine Ewigkeit vor. Auch Mama Ulla macht sich sofort nach ihrer Ankunft an die Arbeit. Verfrühter Frühjahrsputz! Sie möchte, dass alles glänzt, wenn Papa Hadwin Popp zurückkommt. Sie versucht damit auch von dem Thema abzulenken, was ihre überstürzte Flucht vor mir betrifft. Papa Hadwin hat ihr am Telefon angekündigt, ein ausführliches Gespräch über ihre Spinnenphobie mit ihr zu führen, sobald er wieder da ist. Mama Ulla ist ihre übertriebene Aktion inzwischen etwas peinlich. Sie machte sich sogar freiwillig einen Termin bei einem neuen, sehr angesehenen Therapeuten aus. Mama Ulla Popp zieht auch in Erwägung, es noch einmal mit Hypnose zu versuchen. Nur mit der nötigen Ernsthaftigkeit. Dann wird das schon klappen. Sie hat mittlerweile einiges über tolle Therapieerfolge mit Hilfe von Hypnose gelesen. Mama Ulla ist nun offen und bereit sich darauf einzulassen. Es liegt eben in ihrer Natur, immer erst alles ins Lächerliche zu ziehen. Eine ihrer Eigenschaften, mit der sie nicht gerade Sympathiepunkte bei ihren Mitmenschen sammelt. Ihre Einsicht kommt oft verspätet, aber sie kommt! Ich freue mich auf jeden Fall über ihre Entscheidung! Ich kann mein Glück kaum fassen! Anscheinend gibt es tatsächlich höhere Mächte, die auf meiner Seite sind. Falls der neue Therapeut ein fähiger Mann ist und seine Therapie bei Mama Ulla anschlägt, habe ich die tolle Aussicht, den nächsten Winter wieder bei den Popps verbringen zu können. Dann aber in einer weitaus entspannteren Atmosphäre. Vielleicht sogar mit Mann und Kindern?!? Ich merke, dass ich schon wieder zu viel „herumspinne"! Natürlich möchte ich die Gastfreundschaft der Popps um nichts in der Welt überstrapazieren.

Katze Minki möchte auch ihren Teil zu Papa Hadwin Popps Willkommensfeier beitragen. Sie liegt auf der Ofenbank und kann sich nicht so recht entspannen. Sehr untypisch für das Katzenvieh! Man sieht es ihr an, wie angestrengt sie nachdenkt. Ich kann sogar ein ratloses Stirnrunzeln erkennen. Unglaublich eigentlich, wie viele verschiedene Gesichtsausdrücke so ein Katzentier drauf hat. Unruhig wälzt sich Katze Minki hin und her. Das wird eine schlaflose Nacht! Plötzlich springt sie von der Bank und - schwupp - ist sie zur Katzentür hinaus. Was hat sie bloß vor? Im Haus ist es noch ruhig. Alle schlafen tief und fest. Es ist ja auch noch stockdunkel draußen. Was ist nur in dieses Katzentier gefahren? Eigenartig! Normalerweise hat Katze Minki in kalten Nächten wenig Motivation dazu, draußen herumzustreunen. Und heute war so eine kalte Nacht! Eine Vollmondnacht! Ist Minki etwa mondsüchtig? Das würde ihr eigenartiges Verhalten erklären. Wäre mir aber bis zum heutigen Zeitpunkt nicht aufgefallen. Mir soll es recht sein. Sie wird schon wissen, was sie tut. Ich rolle mich zusammen, um endlich ein wenig Schlaf zu finden. Durch Minkis Unruhe habe auch ich kein Auge zugemacht.

Am nächsten Morgen sind allesamt ungewöhnlich früh aus den „Federn". Heute ist es endlich soweit, Papa Hadwin Popp kommt nach Hause. Mama Ulla bäckt in aller „Herrgottsfrüh" einen Kuchen und die Kinder räumen freiwillig und unaufgefordert ihre Zimmer auf. Sie fegen mit Staubwedeln bewaffnet durch ihr Reich und es ist ihnen nicht zu dumm, auch den Staubsauger zu aktivieren. Womöglich hat sich das Gen, welches für Mama Ullas Putzwahn verantwortlich ist, doch auf ihren Nachwuchs übertragen?! Bis heute hatte ich derartige Züge nicht an ihnen bemerkt. Nicht einmal ansatzweise! Doch heute Morgen werde ich eines Besseren belehrt.

Katze Minki, diese Streunerin, ist noch immer nicht heimgekehrt. Wo treibt sich dieses Katzentier nur um? Das ist so gar nicht ihre Art! Mama Ulla und den Kindern ist die Abwesenheit der Katze noch gar nicht aufgefallen. So sehr sind sie mit sich und dem letzten haushälterischen Feinschliff beschäftigt. Es muss alles „tip-top" sein. Papa Hadwin Popp soll sich so richtig freuen, endlich wieder zu Hause zu sein!

Schon vernimmt Mama Ulla das Motorengeräusch ihrer treuen Familienkarosse und ruft die Kinder zu sich. Aufgeregt stürmen die beiden die Stiege herunter. Auch ich wage mich aus meinem Versteck. Ich positioniere mich neben den mit Holzscheiten gefüllten Buckelkorb. Der bietet mir guten Schutz für den Notfall! Von hier kann ich der Begrüßungszeremonie beiwohnen. Ich liebe solche Szenen! Zugegeben, in mir steckt eine unverbesserliche Romantikerin. Außerdem kann auch ich es kaum erwarten, Papa Popp endlich wiederzusehen! Aber wo um alles in der Welt ist nur Katze Minki?! Papa Popps Empfangskomitee ist ohne diese Katze einfach nicht komplett! Ich mache mir echt Sorgen!

Die Eingangstür öffnet sich. Noch bevor Papa Hadwin eintreten kann, stürmen die Kinder zur Tür und werfen ihm bunte Faschingsschlangen zur Begrüßung entgegen. Mama Ulla lässt sich von dem Jubel der Kinder mitreißen und bläst so fest sie nur kann in eine Faschingströte. Ach, ich hätte auch gerne so einen Luftrüssel zum Tröten! So ausgelassen habe ich meine Wahlfamilie noch nie erlebt. Endlich liegen sich alle in den Armen. Es wird geknutscht, gekuschelt und gescherzt. Man spürt die große Freude aller, endlich wieder als Familie komplett zu sein! Während alle noch gefangen sind im berauschenden Taumel der Wiedersehensfreude, schleicht Katze Minki bei der Katzentür herein. Noch hat sie niemand bemerkt. Ich kann von weitem erkennen, irgendetwas trägt sie in ihrem Maul. Um Aufmerksamkeit ringend, streift sie nun um Papa Popps Beine. Sie legt stolz ihr Mitbringsel vor Hadwins Füße, blickt erwartungsvoll zu ihm empor und miaut so laut sie nur kann. In dem Moment starren alle gemeinsam zu ihr hinunter. Urplötzlich kippt die Stimmung! Mama Ulla kreischt, Klein-Sabinchen quietscht in einer Tonlage, welche Gläser zum Zerbersten bringt! Timon schreit: „Aaaaahh, eine Maus!" Papa Popp springt überrascht einen Satz zurück. „Dieses Geschrei erweckt noch Tote!", denke ich belustigt. In dem Moment kommt das Mäuschen zu sich, schüttelt sich kurz und verschwindet blitzschnell hinter dem Kasten. „Du blödes Katzenvieh, was fällt dir ein?", brüllt Mama Ulla. Katze Minki zieht sich zutiefst beleidigt zurück. Nicht einmal Papa Popp weiß ihr Willkommensgeschenk zu schätzen! Dabei ist es gar nicht so einfach, bei diesem eisig kalten Mistwetter eine kleine Feldmaus aufzustöbern! Noch dazu so ein Prachtexemplar!

Papa Hadwin und Mama Ulla schließen alle Türen und begeben sich auf Mäusejagd. Gemeinsam rücken sie den Vorzimmerschrank ein Stück nach vor. Sohnemann Timon stürmt in sein Zimmer. Er hat noch irgendwo in seiner Kommode Lebendfallen gebunkert. Für alle Fälle! Ein Forscher muss immer gut ausgerüstet sein! Es dauert nicht lange und Timon wird fündig. Stolz präsentiert er sie seinen Eltern. Ja, er hat die Situation fest im Griff! Seine kleine Schwester applaudiert! Sie hat eben den besten großen Bruder der Welt! Mama Ulla holt rasch ein kleines Stück Käse, um es als Lockmittel in die Falle zu legen. Nun heißt es abwarten!

Ich krabble mitfühlend zu Katze Minki auf die Ofenbank. Minki ist tieftraurig! Die Reaktion auf ihr Geschenk hat sie sich wirklich anders vorgestellt. Menschen können sich offenbar nicht in eine Katzenseele einfühlen. Zumindest nicht in ihrem ersten Schock!

Kapitel 13

Familie Popps Gesundheitstrip

Papa Hadwin Popps Kuraufenthalt zeigt „Nachwehen". Wie schon allgemein bekannt, werden Kurende mit diversen Vorträgen zwangsbeglückt. Sie haben die Pflicht diesen beizuwohnen. Da gibt es kein Entrinnen!

Die Ernährungspyramide hat dort einen sehr hohen Stellenwert. Gesunde Lebensweise, eine Kombination aus Bewegung und ausgewogener Ernährung, das ist das A und O für ein langes Leben! Mama Ulla allerdings ist den Kurärzten schon einen großen Schritt voraus. So ist zumindest ihre Sicht zu diesem Thema. Sie hat schon seit längerem die vegetarische Kost für sich entdeckt. Nun, wo ihr Angetrauter für eine gesunde Lebensweise so empfänglich ist, zeichnet sie ihm gekonnt „ihre" Ernährungspyramide auf. Mama Ulla redet mit dem nötigen Feingefühl auf Papa Hadwin ein. Sie wittert ihre Chance, ihn nun endlich für die vegetarische Kost zu gewinnen. So müsse sie nicht täglich zwei Menüs auf den Mittagstisch bringen. Töchterchen Sabinchen hat sie schon längst auf ihrer Seite und Timon findet alles cool, was sein Vater gut findet.

Papa Hadwin lässt sich tatsächlich von Mama Ulla überzeugen. Ich frage mich, ob diese Kurärzte auch auf Gehirnwäsche spezialisiert sind. Wie kann man nur einen Menschen in so kurzer Zeit derart manipulieren? Wenn Mama Ulla vor Papa Hadwins Kur nur das Wort „vegetarisch" in den Mund genommen hat, fiel er ihr sofort ins Wort. Energisch belehrte er sie stets, wenn vegetarische Kost Teil seines Lebensplans wäre, so würde er bestimmt als Hase draußen am Rasen umherhoppeln! Ein erwachsener, schwer arbeitender Mann braucht

Fleisch für seinen Energiehaushalt und für einen starken Knochenbau! Die Tatsache, dass Papa Hadwin Popp eigentlich einen relativ stressfreien Bürojob hat, tut da nichts zur Sache! Auch konzentrierte Kopfarbeit zählt zur Schwerarbeit!

Dieser plötzliche Sinneswandel erstaunt mich wirklich sehr. Ich bin gespannt, ob Papa Hadwin Popps Kur noch weitere Wesensveränderungen zum Vorschein bringt. Irgendwie macht mir dieser Gedanke Angst. Ich hoffe inständig, dass er mir weiterhin wohlgesinnt ist!

Gut, es ist, wie es ist! Wenn Papa Hadwin Popp einwilligt, probeweise zwei Wochen auf Vegetarier zu machen, so werde auch ich Vegetarier! Katze Minki jedoch hält von dieser Idee gar nichts. Sie besteht weiterhin auf ihr altbewährtes Katzenfutter! Doch ganz kann es sich Mama Ulla nicht verkneifen. Als sie vom Einkaufen kommt und die Katzendosen auspackt, kommen ausschließlich jene mit Gemüse zum Vorschein. Etwas angewidert rümpft Katze Minki ihre Nase, rollt sich zur anderen Seite, bedeckt ihr Gesicht mit ihren Pfoten und überlegt, während sie einschlummert, ob sie in den Hungerstreik treten soll.

Ja, das ist typisch für das sture Katzentier! Ich auf jeden Fall finde diese Challange cool! Auch wir Spinnentiere können uns vegetarisch ernähren. Der Speiseplan ist sogar sehr abwechslungsreich! Obwohl, das Frühjahr wäre für eine Ernährungsumstellung geeigneter. Im Garten könnte ich mir leckere Menüs aus verschiedenen Samen und Pollen zusammenstellen. Zum Trinken gäbe es leckeren Nektar und Honigtau. Schon bei dem Gedanken läuft mir das Wasser im Mund zusammen. Ich liebe süßen Honigtau! Aber ich werde mir hier im Haus auch meine Schmankerl finden. Mama Ulla hat zum Glück einen sogenannten grünen Daumen, deshalb wuchern rundherum verschiedene Arten von Zimmerpflanzen. So finde ich eine große Auswahl an frischem Blattgewebe vor, welches ich genussvoll knabbern kann.

Eine Woche später.
Papa Hadwin Popp macht tapfer gute Miene zu Mama Ulla Popps Ernährungsexperiment. Sie ist davon überzeugt, Papa Hadwin dieses Mal dauerhaft auf ihre Seite ziehen zu können. Mit dem gesundheitlichen Aspekt im Vordergrund! Sie muss die Zeit nutzen. Noch wirkt bei Papa Hadwin der Einfluss der Kurärzte und der vortragenden Ernährungsexperten. Als sie vor nicht allzu langer Zeit schon mal versuchte, Papa Hadwin und die Kinder für die vegetarische Kost zu begeistern, hatte sie die falschen Argumente gebracht. Eindeutig! Dass sich der Fleischkonsum auf sein Karma negativ auswirken könnte, war Papa Hadwin ziemlich egal. Mit dieser esoterischen Philosophie wusste Papa Hadwin gar nichts anzufangen. Auch bei Timon stieß sie auf Unverständnis. Klein-Sabinchen war diese Karma-Geschichte etwas unheimlich. Sabinchen ist eindeutig zu jung, um so etwas zu verstehen. Deshalb versuchte Mama Ulla auch nicht weiter, Sabinchen diese Karma-These näher zu erklären. Sie beließ es dabei ihr zu erklären, dass man keinem Lebewesen etwas zuleide tun darf. „Wenn man zu allen Lebewesen gut ist, so wird einem auch nur Gutes widerfahren." Das kann man einer Vierjährigen schon so sagen, findet Mama Ulla. Mir allerdings gab diese Karma-Geschichte schon zu denken. Ich hatte damals sogar einer leckeren Assel das Leben geschenkt, indem ich sie von meinem Speiseplan gestrichen hatte. Nur aus der Angst heraus, es könnte meinem Karma schaden, wenn ich sie genüsslich fresse. Doch Papa Hadwin hielt die ganze Karma-Geschichte nur für dumme Spinnereien von Mama Ullas Freundin Babette und deren Gurus. Und da Mama Ulla für so esoterischen Kram überaus

empfänglich ist, hat sie sich von Babette einlullen lassen. Ich war erleichtert. Ich hatte schon die Befürchtung, im nächsten Leben als Stinkwanze wiedergeboren zu werden. Ich würde mir schon einen Aufstieg erhoffen. Ein Hunde- oder Katzenleben würde mir gefallen oder wenigstens das einer Maus. Also habe ich die nächste Assel wieder reinen Gewissens verspeist. Obwohl, ganz aus dem Kopf bekomme ich das mit dem Karma seither nicht mehr. Ich jage nur mehr dann, wenn ich wirklich hungrig bin. Dann entschuldige ich mich bei meiner Beute, bevor ich sie fresse. Ich habe keine Ahnung, ob mich das bei unserem Schöpfer aufwertet, aber ich hoffe es inständig.

So, nun bin ich wieder vom eigentlichen Thema abgeschweift! Fakt ist, der Fleisch und Wurstverzicht fällt Papa Hadwin schon sehr schwer. Er ist für gewöhnlich ein leidenschaftlicher Esser, nun aber sitzt er alles andere als begeistert am Mittagstisch. Gelangweilt und lustlos kaut er vor sich hin. Er schiebt die Nahrung von einer Backe in die andere, ehe er sie runterwürgt. Dafür erntet er einen tadelnden Blick von Mama Ulla. Zu seiner Verteidigung erklärt er, dass ihm von den Ernährungsexperten gesagt wurde, man müsse jeden Bissen zweiunddreißig Mal kauen, so wird die Nahrung gut eingespeichelt und lässt sich besser verdauen. Danach ringt er sich zu einem gequälten Lächeln durch. Es sollte aufmunternd wirken. Immerhin hat er doch auch eine gewisse Vorbildfunktion. Wie soll er sonst seinen Kindern vermitteln, dass vegetarische Kost ausgesprochen gesund und vor allem lecker ist? Er darf es sich nicht anmerken lassen, dass über seinem Kopf riesige Luftblasen seiner Gedanken kreisen. Prall gefüllt mit saftigen Hühnerkeulen, goldbraunen, knusprigen Wiener Schnitzel, duftendem Leberkäse, leckeren Rindsrouladen und würziger, luftgetrockneter, fein aufgeschnittener Wurst. Das reinste Schlaraffenland schwebt über ihm.

„Das schmeckt wirklich hervorragend, Ulla! Es muss nicht immer Fleisch sein. Du hast die Gabe und zauberst aus jedem „Grünzeug" köstliches Essen auf den Tisch!" Seine Lobeshymne kostet ihm viel Überwindung und er fragt sich, ob er nicht doch etwas zu dick aufgetragen hat. Nicht, dass Ulla noch misstrauisch wird und seine geheimen Gedanken errät. Die ist manchmal tatsächlich dazu imstande! Keine Ahnung, wie sie das macht! Wahrscheinlich liegt es an seinem Blick! In Zukunft muss er in solchen Situationen eine Augenreizung vortäuschen und seine dunkle Sonnenbrille aufsetzten. Es kann nur daran liegen, dass sie in seinen Augen liest wie aus einem Buch. Frauen können das!

Papa Hadwins Stolz würde es niemals zulassen, die läppischen zwei Wochen, die dieses vegetarische Experiment andauert, nicht durchzustehen. Nein, so eine Schwäche konnte er sich nicht eingestehen. Er ist ein willensstarker Mann und er steht zu seinem Wort. Das ist reine Prinzipsache!

Ich muss zugeben, auch mir fällt diese Lebensweise furchtbar schwer. Bei dem Gedanken an eine leckere, fette Assel läuft mir das Wasser im Mund zusammen. In solchen schwachen Momenten kann ich meinen angeborenen Jagdtrieb kaum noch zügeln. Oder wenigstens ein kleiner Mückensnack, das wär´s! „Nein, Schluss jetzt!", weise ich mich selbst in die Schranken. Ich darf mich meinen Schwächen nicht hingeben. Wenn Papa Hadwin es schafft, schaffe ich es auch! Durchhalten ist die Devise!

Sabinchen und Timon warten nur auf einen kleinen „Ausrutscher" ihres Vaters! Darauf könnten sie bauen und sich auch eine leckere Wurstsemmel zwischendurch gönnen. Denn man kann doch nicht von Kindern etwas verlangen, was selbst die Erwachsenen gar nicht schaffen. Mit allerhand Tricks versuchen sie Papa Hadwin aus der Reserve zu locken. Sie lassen auf seinem Essplatz eine Illustrierte offen liegen. Zufällig ist die Kochseite aufgeschlagen und schmackhafte, schön angerichtete Braten leuchten seinen müden Augen schon von weitem entgegen. Mit einem gequälten Seufzen schlägt er die Zeitung zu und beschwert sich umgehend bei Mama Ulla: „Musst du deine Klatschpressen immer überall herumliegen lassen?" Noch bevor sich Mama Ulla verteidigen kann, ist er auch schon zur Tür hinaus. Papa Hadwin lässt seinen Frust in der Werkstatt aus. So viel gebastelt hat er schon seit Jahren nicht mehr.

Als Papa Hadwin in seiner Werkstatt an einem seiner Werkstücke schleift, kommt ihm eine Idee. Er fährt zum Fleischer und kauft sich so einen feinaufgeschnittenen luftgetrockneten Schinkenspeck, der ihm schon tagelang in seinem Kopf herumschwirrt. Bei diesen kalten Temperaturen ist es doch kein Problem, wenn er ihn in seiner Werkstatt versteckt. Nur für den Notfall, falls ihn wieder der Heißhunger überfällt. Seine Abwesenheit würde gar nicht auffallen, da er ohnehin gerade viel Zeit in seiner Werkstatt verbringt. Mama Ulla freut sich sogar darüber. Endlich werden sämtliche Leisten zugeschnitten und montiert. Arbeiten werden erledigt, die lange Zeit schon brach liegen. Nun hat ihr jahrelanges Quengeln und Flehen endlich ein Ende. Sie kann ihr Glück kaum fassen! „Siehst du Hadwin, durch die vegetarische Kost bist du viel agiler!", freut sie sich. „Nun erledigst du Arbeiten im Haus, die schon jahrelang liegengeblieben sind, nur weil sie dir unwichtig erschienen." Papa Hadwin lächelt zufrieden. Diese geniale Lösung aus seiner Misere hätte ihm doch schon viel früher einfallen können.

Ich beschließe trotzdem die letzte Woche noch in „Fleisch-Abstinenz" zu leben! Ich frage mich, wie es wohl dazu kam, dass wir, die wir dem weiblichen Geschlecht angehören, als schwaches Geschlecht bezeichnet werden? Diese These kam bestimmt von einem Mann! Das ist wohl so sicher wie das Amen im Gebet. Wie kam der überhaupt dazu? Der Mann, die Selbstherrlichkeit in Person! Ich denke, darum sind bei uns Spinnentieren die Männchen schon von Natur aus um ein schönes Stück kleiner. Um diesem männlichen Größenwahn vorzubeugen. Da hat sich der liebe Gott etwas dabei gedacht! Ja, bei uns Spinnentieren haben die Weibchen eindeutig die besseren Karten! Motiviert krabble ich von meinem Domizil hervor und schnurstracks auf die Orchideen zu. Ich gönne mir nun den herrlichen Nektar aus dieser wunderbaren Pflanze. Danach werde ich noch vom Einblatt nebenan frisches, saftiges Blattgewebe speisen. Mir fehlt es also an nichts! Papa Hadwin kann sich ein Beispiel an mir nehmen, so ist das! Ich muss zugeben, ich bin von Papa Hadwin doch ein wenig enttäuscht. Ich hätte schon mehr Rückgrat von ihm erwartet.

Beim Abendessen beobachtet Sabinchen, wie Papa Hadwin verschmitzt ein Stück Brot in seiner Westentasche verschwinden lässt, während er lustlos an seinem Kichererbsenaufstrichbrot kaut. Kaum sind alle satt, erhebt sich Papa Hadwin als Erster. Ungewöhnlich! Er müsse nochmal in die Werkstatt, er habe etwas vergessen, erklärt er knapp. Ihm waren die fragenden Gesichter nicht entgangen und er möchte doch kein Misstrauen erwecken. Pfeifend verlässt er flotten Schrittes das Haus. Nun fällt Sabinchen ein, was sie beim Abendessen beobachtet hatte und flüstert ihren Trumpf Timon ins Ohr. Mama Ulla räumt den Tisch ab und öffnet die Terrassentür, um für Luftaustausch zu sorgen. Zufrieden begibt sie sich in die Küche, um das Geschirr abzuspülen.

Sabinchen und Timon schleichen sich unterdessen zur Tür hinaus. Minki erhebt sich vom Sofa und ist im Begriff ihnen zu folgen. Aufgeregt gebe ich ihr zu verstehen, dass ich mitkommen möchte. Meine Neugierde macht mich mutig! Ich klammere mich fest an Minkis Bauchfell und verlasse so, als blinder Passagier, mit ihr das Haus. Minki folgt den Kindern, die neugierig durch das verschmutzte Fenster der Gartenhütte lugen.

Was sie nun sehen, übersteigt ihre Vorstellungskraft! Das hätten sie Papa Hadwin nicht zugetraut. Zumal er immerzu von Vertrauen predigt. „Lügen haben kurze Beine" zählt zu seinen Lieblingssprüchen. Aber ja, dieser weise Spruch bewahrheitet sich nun tatsächlich. Lügen haben sehr kurze Beine! Papa Hadwin Popp sitzt in seiner Werkstatt und schmatzt genüsslich vor sich hin. Luftgetrockneten Schinkenspeck mit Gurkerl, Senf, Brot und dazu eine Dose Bier! Unglaublich! So ein Schlawiner! Sabinchen und Timon können sich gar nicht sattsehen und drücken ihre Nasen an der Fensterscheibe platt. Ihre Augen werden immer größer. Plötzlich hört Papa Hadwin das Knacksen der Fensterscheibe. Aufgeschreckt dreht er sich um. Die Kinder gehen in Deckung. Doch sie sind nicht schnell genug. Papa Hadwin kann noch Timons Haarschopf erkennen.

Er springt auf, stürmt zur Tür, öffnet sie mit einem Ruck und erwischt die beiden Spione noch an ihren Jacken. Er nimmt die beiden mit in die Werkstatt, um zu verhandeln. Minki schlüpft mit mir ebenfalls durch die offene Tür ins Innere der Gartenhütte. Er erklärt den Kindern, dass er ein hart arbeitender Mann ist und sich deshalb nicht nur von Gemüse ernähren kann, da ihm sonst die Kraft fehlt. Aber er möchte auf keinen Fall Mama Ulla enttäuschen, deshalb dürfen sie ihn nicht verraten. Zumal es doch das erste Mal war, wo er sich eine gute Jause gönnt! Timon legt seinem Vater beschwichtigend seine Hand auf die Schulter. Sie werden Mama Ulla nichts sagen, es bleibt selbstverständlich ihr Geheimnis. Dann aber stellen die beiden fest, dass auch sie viel Kraft zum Wachsen benötigen. Papa Hadwin gibt sich geschlagen und erklärt sich dazu bereit, ihnen etwas vom Schinkenspeck abzugeben.

Sie setzten sich im Kreis auf und picknicken gemeinsam, bis das letzte hauchdünne Stück Schinkenspeck verspeist ist. Sie sind nun ein verschworenes Team! Sabinchen findet das wunderbar! Sonst hat sie nur mit Timon Geheimnisse, aber eines mit Papa Hadwin zu haben ist schon etwas ganz Besonderes für sie. Sie kommt sich plötzlich so erwachsen vor. Für Timon allerdings ist es reine Männersache, mit seinem Vater ein Geheimnis zu teilen.

Nach ihrer Fressorgie gehen die drei ins Haus zurück. Als sie die Haustür öffnen, huscht Minki mit mir an ihnen vorbei, um als erste ins Wohnzimmer zu gelangen. Das ist mir sehr recht, so kann ich mich gleich wieder unter dem Sofa verstecken. Es herrscht nun so etwas wie eine feierliche Stimmung unter Papa Hadwin und den Kindern. Zufrieden machen sie es sich auf dem Sofa gemütlich und haben keinen Einwand zu Mama Ullas Fernsehwunsch. Morgen ist Wochenende, deshalb dürfen die beiden jüngsten Mitglieder der Familie Popp noch für eine halbe Stunde dem Familienglück beiwohnen. Mama Ulla stellt eine kleine Schüssel mit Apfelchips auf den Tisch und gesellt sich zu ihnen. Nachdem Sabinchen einige Chips genascht hat, entfährt ihr ein „Bäuerchen". Plötzlich verbreitet sich der verräterische Duft von noch unverdautem Schinkenspeck im Raum. Mama Ulla ist alarmiert! Misstrauisch fordert sie Timon auf sie anzuhauchen. Aha, auch er hat Wurstgeruch in seiner Atemluft. Ihr

Verdacht erhärtet sich! „Ihr habt heimlich Wurst genascht!", klagt Mama Ulla an. Papa Hadwin sucht verzweifelt nach Ausreden. Sinnlos! Sie sind entlarvt. Schon poltert Mama Ulla los. Sabinchen und Timon müssen unverzüglich den Raum verlassen und zu Bett gehen. Vorbei ist es mit dem trauten Fernsehabend. Als die beiden in ihren Zimmern sind, stellt sie Papa Hadwin zur Rede. Leugnen hat keinen Zweck! Reumütig erklärt er Mama Ulla, dass er sich wirklich sehr bemüht hat, doch nun musste er seine unbändige Lust nach Fleisch stillen. Er ist eben nicht dafür geschaffen ein Vegetarier zu sein. Sonst wäre er wohl als Ochse auf der Weide geboren worden. Es zählt doch der Wille, oder etwa nicht? Sein Geist wollte es wirklich schaffen, doch sein Fleisch war zu schwach! Eine nahezu biblische Erklärung seiner Schwäche. Nun muss Mama Ulla tatsächlich schmunzeln. Zu Papa Hadwins Verwunderung strahlt sie Milde aus. Sie setzt sich zu ihm, um mit ihm über ihr gescheitertes Projekt zu reden. Dabei kommt die ganze Wahrheit ans Tageslicht.

Mama Ulla gibt etwas kleinlaut zu, dass es auch ihr alles andere als leicht fällt, sich ausschließlich von Obst und Gemüse zu ernähren. Die beiden mussten sich eingestehen, dass ihnen offensichtlich der ethische Gedanke dazu fehlt, um als strenge Vegetarier zu leben. Aber was nicht ist, kann ja noch werden! Für das Erste einigen sie sich darauf, unter der Woche die vegetarische Kost beizubehalten und am Wochenende dürfen es schon mal Schnitzel und Wurstbrötchen sein. Wer weiß, was die Zeit bringt, vielleicht haben sie irgendwann auch am Wochenende gar nicht mehr das Verlangen nach Tierischem. Wenn sie es nicht so streng angehen, dann klappt es womöglich am Ende doch.

Nächsten Morgen offenbaren sie ihr neues Übereinkommen den Kindern. Das oberste Gebot aber ist: Es darf keine Lügen mehr geben, man darf seine Schwächen eingestehen! Damit können alle gut leben und ich auch. Nur Katze Minki ist wie immer die Ausnahme. Die bekommt ihre Herzen und Nieren weiterhin auch während der Woche. So eine verwöhnte Tussi!

Kapitel 14

Frühlingserwachen

Die Tage sind nun schon länger und die Sonnenstrahlen bekommen Kraft. Endlich! Obwohl ich das Leben hier im Haus mit Familie Popp und vor allem mit Katze Minki lieb gewonnen habe, sehne ich doch den Frühling herbei. Ich träume von meinem Sommerquartier in der Mauerritze. Von meinem Spinnenprinzen, der irgendwo da draußen auf mich wartet, und von einer Nahrungsauswahl, die dem Schlaraffenland gleicht. Hier im Haus muss man erjagen, was einem vor die Füße läuft, um zu überleben. Ja, mit diversem Blattgewebe komme ich schon über die Runden. Doch die große Auswahl an Essbarem draußen in der Natur ist schon sehr verlockend.

Auch Katze Minki streift immer öfter vor der großen Terrassentür hin und her und beobachtet die Wetterlage. Wenn die Sonne scheint, liegt sie davor und lässt ihren Rücken von den Sonnenstrahlen wärmen. Oft ist das Fell ihres Rückens so heiß wie ein Backofen. Sie liebt es, je heißer umso besser. Sie macht sich lang, schnurrt laut vor sich hin und bewegt ihre Pfoten auf und ab, als wolle sie irgendjemandem den Rücken kraulen. Sie wäre bestimmt eine wunderbare Masseurin, wäre sie in Menschengestalt geboren worden. Vielleicht macht sie im nächsten Leben einen gewaltigen Aufstieg in der Evolution, wer weiß? Möglicherweise hat sie schon genug Karma allein damit gesammelt, weil sie mir schon so oft das Leben gerettet hat und sogar meine Freundin geworden ist. Ist ja auch nicht alltäglich! Ich kann nur hoffen, sie erinnert sich dann als junge Frau noch an diese Gabe, die sie als Katzenvieh hatte. Ich wünsche es ihr von ganzem Herzen!

Sobald der Frühling ins Land einzieht, wird auch Katze Minki nichts mehr im Haus halten. Daher wird mir der Auszug auch nicht so schwer fallen. Und ich komme ja nächsten Winter wieder, sofern Mama Ulla dann endlich ihre Spinnenphobie im Griff hat. Denn, ob unser Zusammenleben noch einen ganzen Winter lang gut geht, wage ich zu bezweifeln. Ich hatte diesen Winter über schon eine gehörige Portion Glück. Das ist mir durchaus bewusst und ich möchte mein Glück auch nicht herausfordern.

Meine ganze Hoffnung ruht nun auf diesem Professor. Papa Hadwin Popp hat einen Professor ausfindig gemacht, der auf dem Gebiet der Hypnose eine wahre Koryphäe sein soll. Er beschäftigt sich schon seit über zwanzig Jahren damit, Menschen von den unterschiedlichsten Phobien zu heilen. Sehr vielversprechend! Die Heilung von Spinnenphobien gehört zu seinem Spezialgebiet. Seine Frau hatte selber panische Angst vor Spinnentieren, hörte ich Papa Hadwin erzählen. Nachdem der Professor seine Frau therapiert hatte, legte sie sich sogar ein Terrarium mit einer Vogelspinne zu. Die heißt Susi und zählt nun zu ihren liebsten Haustieren. Ich kann es kaum glauben! Krass! Naja, so eine große Wandlung muss Mama Ulla nun nicht durchmachen. Hoffe ich jedenfalls. Mir ist Katze Minki als Freundin schon lieber. Mit einer Vogelspinne möchte selbst ich nicht unter einem Dach leben! Die sollte man überhaupt dort lassen, wo sie von Natur aus leben! Meine Meinung! Was soll denn das auch? Die würde niemals freiwillig hier einwandern!

Es genügt, wenn Mama Ulla eines Tages meine Anwesenheit hier im Haus akzeptiert. Sie muss ja nicht gleich meine Busenfreundin werden. Auch das wäre unnatürlich.

Papa Hadwin Popp ist da ganz meiner Meinung! Ihm gab die ausgeprägte Spinnenphobie seiner Frau zu denken, als sie kurzerhand mitsamt den Kindern das Haus verließ, nachdem sie mir begegnet war.

Da beschloss er, sich auf die Suche nach einem fähigen Therapeuten zu begeben. Denn so konnte es nicht weitergehen. Er ist es auch leid, immerzu darauf zu achten, dass sie mich nicht entdeckt. Sabinchen macht mittlerweile angeekelt einen weiten Bogen um mich und lässt mich in Ruhe, da ich laut Papa Hadwin Popp sehr nützlich bin. Damit kann ich leben. Gut, dass Papa Hadwin so einen guten Einfluss auf Sabinchen hat. Was er sagt, das zählt! Timon akzeptiert mich als Hausspinne und sucht sich andere Krabbeltiere für sein Forschungsprojekt. Auch er nennt mich nun Spinni. Dagegen kann ich nichts machen. Es bleibt mir eben nichts anderes über, als diesen unschön klingenden Spitznamen zu akzeptieren.

Mama Ulla ist ihre Überreaktion noch immer sehr peinlich und sie sieht ein, dass sie an ihr arbeiten muss. Schafft sie es nicht alleine, so wird sie wohl die Hilfe des Professors annehmen müssen. Er ist nicht billig, der Erfolg wird aber garantiert! Der traut sich was, der Professor! Na, da bin ich mal gespannt. Die erste Session hat Mama Ulla schon in einer Woche. Darüber bin ich recht froh, so kann ich eine mögliche Veränderung noch live miterleben.

Wir sind zwar schon alle sonnenhungrig und sehnen das Frühjahr herbei, doch wir müssen das Ganze realistisch betrachten. Es wird schon noch eine Zeit lang dauern, bis sich der Frühling endgültig durchgesetzt hat.

Nach der langen, finsteren Zeit wird anscheinend jedes Lebewesen unruhig. Sabinchen und Timon quengeln und streiten immer öfter herum. Mama Ulla nörgelt ständig über ihrer Figur und Papa Hadwin über seine nicht vorhandene Fitness. Obwohl, dieses Jahr ist es halb so wild. Dank der Kur hat Papa Hadwin schon einiges an Kraft, Kondition und Fitness aufgebaut. Was Mama Ulla ganz besonders ärgert. Denn sie fängt quasi bei null an. Die Menschheit ist schon ein komisches Volk! Wie jedes Jahr um diese Zeit holt Papa Hadwin den Heimtrainer und das Rudergerät vom Keller herauf. Das ist, laut des Katzenviehs, ein sicheres Indiz dafür, dass die warme Jahreszeit naht. Kurzerhand werden die Möbel im Wohnzimmer umgestellt und zusammengerückt, damit die Geräte hier ihren Platz finden. Genervt verlässt Katze Minki den Raum. Immer wieder dasselbe Theater! Wo auch immer sie sich hinzulegen versucht, ist sie im Weg. In einem günstigen Moment folge ich ihr in den Vorraum. Auch mir wird das geschäftige Treiben im Wohnzimmer zu viel. Aufgeregt frage ich mich, wofür diese Geräte wohl gut sein sollen? Des Rätsels Lösung ist: Die sind dazu da, um Mama Ulla und Papa Hadwin dabei zu helfen ihren Winterspeck loszuwerden, den sie sich über die Wintermonate angefuttert haben. Es ist wahrscheinlich alle Jahre das gleiche Spiel!

Mama Ulla und Papa Hadwin haben nicht bemerkt, dass sie Katze Minkis Unmut auf sich gezogen haben. Topmotiviert angesichts ihres neuen Trainingslagers, setzten sie sich hin und erstellen einen Trainingsplan. Dieses Mal wollen sie es durchziehen und das ganze Jahr über ihre regelmäßigen Trainingseinheiten absolvieren. Bis jetzt hatten sie nie schriftlich einen Plan festgelegt. Heuer ist das anders. Diesen heißen Tipp zur Konsequenz hat Papa Hadwin von einem Kurarzt bekommen.

Katze Minki findet das Ganze höchst übertrieben. Wieso um alles in der Welt benötigen die Menschen Geräte um sich zu bewegen? Es gibt sogar Geräte, die bewegen Menschen! Ohne, dass sie selbst etwas dazu tun müssen. Ich glaube meiner Katzenfreundin viel, aber das konnte ich nicht glauben! Doch Minki schwor bei zehn Mäusen! Sie hätte so ein Ding in einer Werbesendung gesehen, Papa Hadwin war damals sogar sehr angetan von diesem Gerät. Er malte sich schon aus, wie er ganz automatisch, während er Fußball guckt, seine Muskeln aufbaut, und am Ende mit einem top durchtrainierten Körper brilliert. Ist es wahr?! Die Menschheit ist wirklich eigenartig. Ihren Schönheitswahn und Körperkult kann ich sowieso nicht nachvollziehen. Die denken viel zu kompliziert. Für alles und jedes gibt es Normen und Richtlinien, an denen sie sich messen. Wofür bitte soll das gut sein? Jeder ist so wie er ist, basta! Solange man sich wohlfühlt, ist man schön. Fühlt man sich nicht wohl, muss man etwas ändern. So einfach ist das. Bin ich dick, so zeigt das, dass ich eine gute Jagdsaison hatte und genug zu zehren habe für schlechtere Zeiten. Auch Katze Minki lebt nach diesem Prinzip und wir leben gut damit! Kurz überlege ich, ob ich den Popps vielleicht meine Lebensphilosophie einsuggerieren soll? Aber den Gedanken verwerfe ich sofort wieder. Mit den nächtlichen Suggestionen an Mama Ulla habe ich genug um die Ohren. Diese Sessionen führe ich selbstverständlich weiter durch. Ich wage es nicht, mich voll und ganz auf die therapeutischen Künste des Professors zu verlassen. Der hat ja keine Ahnung, welch harte Nuss Mama Ulla ist, die es zu knacken gilt! Bestenfalls unterstützt meine Arbeit seine Therapie.

Zwei Wochen später.

Ich muss schon sagen, Hut ab, die Popps ziehen ihr Trainingsprogramm konsequent durch. Sogar das Katzentier staunt! Wenn die Geräte mal nicht von Mama Ulla und Papa Hadwin genutzt werden, turnen die Kinder darauf herum. Für Timon ist das Rudergerät ein nagelneuer Sportwagen und der Ergometer dient als Pferd für Sabinchen. So haben die beiden ihre Freude damit. Ihrer Phantasie sind keine Grenzen gesetzt. Deshalb ist das Wohnzimmer zurzeit ihr erklärter Lieblingsspielplatz. Ganz zu unserem großen Bedauern. Ich muss ja nicht nochmal extra erwähnen, wie wichtig Minki und mir unsere Ruhe ist. Ich überlege sogar, ob ich nicht die letzten Wochen in die Küche ziehe. Doch ich bin viel zu gerne in der Nähe von Minki und Papa Hadwin, und die beiden halten sich eher selten in der Küche auf.

Papa Hadwin kommt mit vor stolz geschwellter Brust zur Tür herein. Mama Ulla sitzt am Sofa und liest. Er zeigt ihr seinen aktuellen Bodymaßindex. Er hat sein Wunschziel geschafft! Mama Ulla staunt nicht schlecht. Es war das erste Mal, dass Papa Hadwin vor ihr das Ziel erreicht hat, aber viel fehlt ihr auch nicht mehr zu ihrem persönlichen Erfolgserlebnis.

Nach einer weiteren Woche hat auch Mama Ulla ihr Trainingsziel sogar leicht überschritten. Die beiden stoßen mit einem Glas Sekt auf ihren Erfolg an und schwören sich feierlich fleißig weiter zu trainieren, um ihren Traumbody zu behalten. Katze Minki traut ihren Ohren nicht. Das kann doch nicht ihr Ernst sein? So ausdauernd waren die doch all die Jahre nie! Mir persönlich ist es egal, ich habe mich an den zusätzlichen Trubel schon einigermaßen gewöhnt. O.k., es stimmt schon, ich komme in meinem Quartier hinter dem Sofa nicht so sehr in Bedrängnis wie, Minki auf der Ofenbank. Und die Ofenbank ist nun mal ihr erklärter Lieblingsplatz, den sie mit ihrem Leben verteidigen würde! Sie knaut und knurrt bedrohlich, wenn einer von den Popps versucht sie hinunter zu schubsen. Sie spannt dann alle ihre Muskeln an, macht sich schwer und legt die Ohren an, ihr Schwanz schlägt wie verrückt hin und her, ihre Augen werden ganz dunkel und groß, dann kneift sie sie wieder gefährlich zusammen. In dem Moment ist bestimmt nicht gut Kirschen essen mit dieser eigensinnigen Katzendame. Das wissen auch die Popps und lassen sie in Ruhe.

Doch es wird nie so heiß gegessen wie gekocht. Schon nach weiteren zwei Wochen stellt sich ein gewisser Schlendrian ein, was das Trainingsprogramm betrifft. Die Geräte fungieren immer öfter als allgemeiner Kleiderständer. Katze Minki wirkt schon etwas zufriedener. So kennt sie das! Endlich kehrt wieder Normalität ein. Ich verstehe noch nicht ganz, was es nun damit auf sich hat. Katze Minki erklärt mir verschmitzt, dass dies das Ende der Trainingsgeräteinvasion im Wohnzimmer bedeutet. Das beginnt immer mit der Tatsache, dass sich die Kleidung auf den Geräten türmt. Irgendwann treibt diese Unordnung Mama Ulla in den Wahnsinn und die Dinger kommen wieder in den Keller, wo sie hingehören. Na, da bin ich ja mal gespannt, ob Katze Minki Recht behält!

Das typisch weibliche Gen in mir dominiert mal wieder und ich springe von einem Thema zum anderen! Viel wichtiger ist, wie läuft es nun mit Ullas Therapie bei diesem Professor? Das ist es, was mich zurzeit am meisten interessiert. Immerhin hängt von seinem Können meine Zukunft bei den Popps ab. Übrigens war Mama Ulla nun schon dreimal bei dem Professor. Ich kann bis jetzt noch keine wesentliche Veränderung an Mama Ulla feststellen. Katze Minki allerdings hat den leisen Verdacht, dass die Therapie tatsächlich anschlägt. Denn sie wirkt beim Anblick der mit Hosen und Pullis behangenen Trainingsgeräte noch relativ entspannt. Das ist sonst gar nicht ihre Art! Normalerweise hält sie dieses Chaos keine drei Tage lang aus. „Sie ist kaum wiederzuerkennen!", staunt Minki. Ich vertraue auf Minkis Menschenkenntnis. Immerhin kennt sie Mama Ulla nun schon ziemlich lange. Vielleicht knacken wir jetzt die „Nuss" doch, der Professor und ich! Allzu viel Zeit bleibt uns jetzt nicht mehr. Obwohl, ich habe beschlossen erst nach den berüchtigten Eismännern auszuziehen. Ich bin doch nicht verrückt und frier mir meinen Hintern in der Mauerritze ab, wenn ich auch genauso gut hier im wohlig warmen Wohnzimmer der Popps verweilen kann. Bis dahin gehen sich noch einige Hypnose-Sessions bei meinem Hoffnungsträger, dem Professor, aus.

Kapitel 15

Mama Ullas Therapieerfolg vertreibt meinen Traummann

Mama Ulla ist seit Stunden damit beschäftigt, wie verrückt durch das Haus zu jagen, um versteckte „Wollmäuse" aufzuspüren. Es ist Samstag, das Wetter ist nicht sonderlich einladend, also widmet sie sich dem Hausputz. Die Trainingsgeräte wurden von Papa Hadwin in den Keller verbannt, so wie schon vor Tagen von Katze Minki vorausgesagt. Darum haben die Kinder wieder in den oberen Räumlichkeiten ihre Lager aufgeschlagen. Papa Hadwin weiß, dass man Mama Ulla in Ruhe lassen muss, wenn sie in ihrem Putzwahn ist. Sobald man sich nicht still und unauffällig verhält, wird man mit zig Arbeitsaufträgen bombardiert. Dem versucht Papa Hadwin tunlichst zu entgehen. Er möchte sein wohlverdientes Wochenende genießen, ohne Wenn und Aber!

Mama Ulla hat sich vorgenommen, heute alles ganz besonders gründlich zu machen. Dazu rückt sie sogar die Kommode im Vorraum etwas nach vor, um gut dahinter wischen zu können. In ihrem Eifer bemerkt sie im ersten Moment gar nicht, wer da erschrocken in der Ecke kauert. Doch als sie mit dem Wischmopp anrückt entdeckt sie ihn, den Spinnenmann! Sie setzt an zum Schrei. Doch im nächsten Augenblick besinnt sie sich und ruft etwas unsicher, in einem gemäßigteren Tonfall als sonst für sie in solchen Situationen üblich, Papa Hadwin Popp herbei.

„Was ist denn nun schon wieder kaputt?", fragt er gelangweilt.

„Komm doch bitte, Hadwin, da sitzt eine Spinne!" Mama Ulla reißt sich sichtlich zusammen, um einigermaßen ruhig zu wirken. Papa Hadwin aber denkt nicht daran die Spinne zu entfernen. Er gibt doch nicht

Unmengen an Geld für Mama Ullas Therapie umsonst aus! „Die tut dir doch nichts! Schiebe die Kommode wieder an ihren Platz und gut ist es", murrt er. Kurz ärgert sich Mama Ulla über Papa Hadwins störrisches Verhalten. Dann schnappt sie sich entschlossen ein Blatt Papier und pirscht sich mutig an das „Untier" heran. Mit einer Hand öffnet sie vorsichtig die Eingangstür, mit der anderen Hand hält sie dem niedlichen, hübschen Spinnenmann das Blatt Papier hin. Er krabbelt artig hinauf und schwupp, wirft sie das Blatt mit dem Mann meiner Träume zur Tür hinaus.

Das darf ja wohl nicht wahr sein! Gerade jetzt wirkt diese doofe Therapie? Vielleicht war das eben mein „Deckel" zu mir „Topf"?! Ein so ein schöner Spinnenmann! Ich habe das ganze Szenario aus sicherer Entfernung beobachtet. Denn wenn Mama Ulla ihrem Putzwahn verfällt, bringe ich mich stets unter dem Vorzimmerkasten in Sicherheit. Der ist zu schwer, um ihn zu verschieben und mein Feind der Staubsauger kann mir hier auch nichts anhaben. Ich war selber sehr erstaunt bei dem Anblick dieses attraktiven Spinnenmannes. Ich wusste nichts von seiner Anwesenheit. Doch so schnell er hier war, ist er auch schon wieder weg. Dank Mama Ulla! Ich bin am Boden zerstört. Es war gewiss eine Fügung des Schicksals, dass er gerade hier hereinspaziert ist. Das war der Mann, der für mich bestimmt ist, da bin ich mir ganz sicher! Nun hat ihm Mama Ulla die Tür vor der Nase zugeschlagen. Ich fasse es nicht! Hoffentlich wartet er da draußen auf mich, mein Traummann! Im Spätsommer bin ich paarungsbereit. Ich muss unbedingt herausfinden, wo er wohnt. Ich hoffe, er zieht nicht allzu weit weg, weil ihn Mama Ulla so unsanft des Hauses verwiesen hat. Ein Spinnenmann darf sich ohnehin nur in der Paarungszeit der Spinnenfrau nähern, außer er ist lebensmüde. Aber wenn ich soweit bin, dann muss er es sein! Er ist ein Prachtexemplar von einem Spinnenmann! Ich kriege mich vor lauter Schwärmerei gar nicht mehr ein. Es war Liebe auf den ersten Blick. Ich wusste bis zum heutigen Tag nicht, dass es so etwas tatsächlich gibt. Er ist etwas ganz Besonderes, das sagt mir mein Instinkt. Ich denke, er hat mich schon irgendwie ausfindig gemacht und wollte sein Revier abstecken. Mutig, das imponiert mir sehr! Denn um diese Jahreszeit breitet sich üblicher Weise beim Anblick eines Spinnenmannes eher ein Hungergefühl in mir aus und weckt blitzartig meinen Jagdtrieb. Stattdessen verspüre ich so etwas wie Schmetterlinge im Bauch. Das habe ich noch nie erlebt! Er wird definitiv der Vater meiner Nachkommen. Hoffentlich ist er so klug und verschwindet dann schleunigst nach der stundenlangen Paarung. Solange ich noch im Liebestaumel schwelge, hat er eine reelle Chance zu entkommen. So könnte ich mich mit diesem Traum von einem Spinnenmann im darauffolgenden Jahr nochmal paaren. Er muss schnell sein. Er muss verdammt schnell sein! Dann stehen seine Überlebenschancen fünfzig zu fünfzig.

Dieser Kannibalismus, der uns Weibchen beherrscht, macht mich irgendwie traurig. Ich finde es schön, wie die Popps mit ihren Kindern zusammenleben. Ich träume davon, ebenfalls so ein trautes Familienleben zu führen. Doch entdecke ich ein Männchen, das mir unterm Jahr zu nahe kommt, bricht der Urinstinkt in mir durch. Wir Spinnentiere sind einfach nicht dafür geschaffen, um gemeinsam durch das Leben zu krabbeln. Schade eigentlich! Bis jetzt habe ich mir noch nie Gedanken darüber gemacht. Doch in diesem Winter habe ich, dank des Katzentieres Minki und Papa Hadwin Popp, zum ersten Mal gespürt - beziehungsweise erlebt - was Freundschaft ist. Ich mag keine Einzelkämpferin mehr sein, auch wenn es von Natur aus meine Bestimmung ist. Dies ist auch der Grund, weshalb ich so sehr um den Fortbestand der Freundschaft mit Katze Minki kämpfe. Dagegen ist mein Urinstinkt chancenlos. Das Katzentier kann ich nicht fressen! Also hat Minki nichts zu befürchten und wir können weiterhin unsere Fangspielchen veranstalten. Im schlimmsten Fall könnte ich sie beißen. Doch ein Biss von mir kann Katze Minki gar nichts anhaben. Sie würde sich hinlegen und die Stelle so lange lecken, bis sie nichts mehr davon spürt. Aber soweit würde es gar nicht kommen. Da Katzentiere nicht zu meinem Beuteschema gehören, würde ich auch kein Gift benutzen. Denn damit gehe ich äußerst sorgsam um. Genauso verhalte ich mich gegenüber Menschen. Wenn sie mich allerdings in Bedrängnis bringen, verspritze ich schon mal eine Portion Gift in ihre Körper. Die Stelle meines Bisses rötet sich ein wenig. Im Extremfall schwillt sie etwas an und schmerzt für eine halbe Stunde. Tödlich ist ein Biss von mir für sie nicht, auch wenn manche bei meinem Anblick so reagieren. Ich bin froh, dass ich bei den Popps nie zu solchen Mitteln greifen musste. Wie ich schon angedeutet habe, ist mein Gift sehr wertvoll. Das verspritze ich nicht nur so aus Jux und Tollerei. Wo es keine Wirkung zeigt und nicht zu meiner Ernährung dient, wird nicht gespritzt! Das ist das Prinzip der Spinnentiere!

Papa Hadwin Popp staunt nicht schlecht. Er ist stolz auf seine Ulla! Insgeheim hat er nicht an einen Therapieerfolg geglaubt. Der Professor ist zwar ein Spitzenmann, doch Mama Ulla ist schon ortsbekannt aufgrund ihrer angeblichen Therapieresistenz. Nun hat er zum ersten Mal das Gefühl, das viele Geld in Mama Ullas Therapie doch sinnvoll investiert zu haben. All seine Zweifel lösen sich auf wie vorbeiziehende Nebelschwaden. Überschwänglich gratuliert er Mama Ulla zu ihrer heldenhaften Tat. So viel Mut hat er ihr nicht zugetraut. Mama Ulla richtet sich auf, streift mit spitzen Fingern eine Haarsträhne aus ihrem Gesicht und stolziert erhobenen Hauptes in das Wohnzimmer. Zufrieden setzt sie sich auf das Sofa und lässt das Putzen für heute sein.

Nicht schlecht. Sie lässt weder ihrer Spinnenphobie, noch der Zwangsstörung Raum, um von ihr Besitz zu ergreifen. Mama Ullas Wandlung ist auch für mich so überraschend, dass ich ihr den Rauswurf meines zukünftigen Spinnenmannes großzügig verzeihe. Das Schicksal wird uns schon wieder zusammenführen. Da bin ich mir ganz sicher!

16. Kapitel

Die liebestolle Zeit der Katzentiere

Die liebestolle Zeit der Katzentiere hat begonnen. Ein weiteres Indiz dafür, dass der Frühling bald wieder Einzug hält.

Sobald es dunkel wird, schleichen plötzlich scharenweise Kater um das Haus. Mit verklärtem Blick spähen sie bei den Fenstern herein, um in ihrem Liebestaumel Minki zu beobachten. Lautes, langgezogenes Miauen durchbricht die Stille der Nacht. Die Liebesrufe der Katzenmänner sind nicht zu überhören.

Dieses Gejammer grenzt ja an Ruhestörung! Ich frage mich nur, wie die Popps in diesen Nächten überhaupt ein Auge zu bekommen?! Nacht für Nacht dasselbe Theater, unglaublich! Zum Glück bin auch ich nachtaktiv. Andernfalls hätte ich bestimmt an ihnen mein wertvolles Gift verspritzt, wenn diese liebeskranken Katertiere meinen wertvollen Schlaf stören.

Minki fühlt sich natürlich geschmeichelt, obwohl sie ihnen die kalte Schulter zeigt. Dieses Katzenvieh hat es doch faustdick hinter den Ohren! Ihr zickenhaftes Benehmen macht die Horde liebestoller Kater noch verrückter. Sie liefern sich sogar grauenhafte, gar blutige Kämpfe. Katze Minki provoziert ihre Verehrer zusehends, indem sie sich immer wieder am Fenster zeigt. Laut gurrend stolziert sie am Fensterbrett hin und her. Präsentiert dabei gekonnt ihren schönsten Katzenbuckel. Lustvoll schmiegt sich Minki an der Fensterscheibe. Dann zeigt sie den vor Liebeslust sabbernden Katern keck ihr Hinterteil, springt vom Fensterbrett und verschwindet wieder aus ihrem Blickwinkel. Sie treibt es regelrecht auf die Spitze. Die Rivalität unter den Katertieren nimmt daher von Tag zu Tag zu. Katze Minki scheint es tatsächlich zu gefallen, wenn sich die Männerwelt um sie duelliert. Das muss man sich mal vorstellen! Wir sind ja nicht im Mittelalter! Also ich hätte diesen Katzentieren schon mehr aktuellen Zeitgeist zugetraut. So kann man sich täuschen. Die Katzenmänner geben nicht auf und legen sich nur noch mehr ins Zeug, um Minkis Herz zu erobern.

Zwei Nächte später.
Heute Nacht ist es wieder ganz besonders schlimm. Die Liebesbekundungen der Kater aus der gesamten Nachbarschaft nehmen einfach kein Ende. Ich glaube, Katze Minki hat auch langsam genug von dem Trubel um sie. Sie zieht sich in ihre Katzenhöhle zurück. Also würden sich die Spinnenmännchen so gebärden, wäre die logische Konsequenz, von den Spinnenweibchen gefressen zu werden!

Plötzlich geht im Flur das Licht an. Mama Ulla kommt schlaftrunken die Stiege herunter. „Das ist doch zum Aus-der-Haut-Fahren!", schimpft sie.

Ich traue meinem empfindlichen Höhrorgan nicht! Häuten sich etwa Menschen auch, so wie wir Spinnentiere? Das hätte mir doch irgendwann auffallen müssen! Zumindest bei Sabinchen und Timon! Die beiden sind offensichtlich größer geworden seit dem letzten Sommer. Mama Ulla hat sich vor einigen Tagen erst beschwert, dass die beiden schon wieder aus ihren Klamotten herausgewachsen sind. Ja, wann machen die das? So schnell geht das doch gar nicht! Über Nacht etwa? Das könnte sein. In den Nächten bin ich ja entweder in meinem Domizil hinter dem Wohnzimmersofa, oder eben bei Mama Ulla im Schlafzimmer wegen der Suggestion-Session, die ich ihr regelmäßig zukommen lasse. Dann müssten die beiden ihre abgelegten Häute auch in derselben Nacht verspeisen. Andernfalls hätte ich bestimmt einmal diese Riesenhäute auf meinen Erkundungstouren entdeckt.

Aber was es nun Mama Ulla wegen der nächtlichen Lärmbelästigung bringen soll, aus ihrer Haut zu fahren, ist mir noch unklar. Vielleicht ist dieser Vorgang bei menschlichen Wesen so gruselig, dass die liebeskranken Katertiere die Flucht ergreifen und sich nie mehr in die Nähe des Hauses wagen. Wer weiß?!

Mit Argusaugen beobachte ich Mama Ulla. Doch nichts. Es geschieht nichts. Mama Ulla bleibt ihrer altbewährten Haut treu! Sie schlurft müde in die Küche und bereitet sich ein Glas warme Milch mit Honig zu. Schluck für Schluck genießt sie ihren Schlummertrunk.

Ich muss sagen, ich bin schon sehr froh darüber, dass Mama Ullas Androhung, aus ihrer Haut zu fahren, nur Schall und Rauch war. Ich persönlich stelle mir diesen Vorgang beim Menschen unheimlich unästhetisch und grauslich vor. Von unserer Gattung bin ich es gewohnt, dieses Schauspiel der Natur mitanzusehen, aber beim Mensch?! Wenn ich mir nur vorstelle, wie danach diese riesige Menschenhaut am Fußboden liegt, stellt sich vor Ekel jedes einzelne feine Flimmerhärchen meiner acht Beine auf. Dieses Bild, das sich gerade in meinem Kopf manifestiert, übersteigt eindeutig meine Vorstellungskraft.

Die Katertiere allerdings bleiben hartnäckig mit ihrer „Balzerei"! Katze Minki gibt klein bei und verbringt immer mehr Nächte in freier Natur. Auch sie ist nun dem Liebestaumel verfallen. Dies entspannt zumindest die zugespitzte Situation an den Fensterbänken. Einer der Kater dürfte es Minki ganz besonders angetan haben. Er ist wirklich ein ganz Hübscher! Sein langes weiches Fell ist rot-weiß getigert. Er hebt sich mit seiner Schönheit weit von seinen Rivalen ab. Geschmack hat sie, die Minki!

Nun ist Mama Ulla erst recht höchstgradig nervös! Katze Minki bekommt zwar die Katzenpille, doch sie erscheint recht unregelmäßig zu ihren Mahlzeiten. Mama Ulla versteckt täglich eine dieser Pillen in einem Fleischstück von Minkis Futterration. Doch ist es nun vorgekommen, dass Katze Minki gerade dieses Stück Fleisch übrig ließ und schnurstraks das Haus verließ. Mama Ulla wollte sie noch aufhalten, doch Minki entwischte und ward die nächsten zwei Tage nicht mehr gesehen. Als sie wieder erschien, versperrte Mama Ulla sofort die Katzenluke. Nun ist Schluss mit Lustig. Mama Ulla erteilt Katze Minki strengsten Hausarrest! Es wurde sogar eine Familienkonferenz einberufen. Solche veranstalten die Popps nur bei äußerst heiklen Angelegenheiten, die es zu regeln gibt. Mama Ulla gibt den Befehl, dass niemand Katze Minki ins Freie lassen darf. Türen und Fenster müssen stets gut verschlossen sein! Das hat höchste Priorität!

Katze Minki findet das gar nicht lustig. Sichtlich angewidert streift sie laut gurrend durch das Haus. Es ist kaum auszuhalten mit ihr. Diese Katze gebärdet sich schlimmer als die Kater vor dem Haus. Sie gurrt und schreit und rollt eigenartig im Wohnzimmer umher. So etwas habe ich noch nie gesehen! Was hat sie bloß? Ich glaube, meine sonst so taffe Katzenfreundin hat nun den Verstand verloren. Bei jeder Gelegenheit versucht sie auszubüxen. Es gleicht einem Akrobatikakt, wenn die Popps das Haus betreten wollen. Unermüdlich liegt Minki auf der Lauer. Nun geschieht, was geschehen musste. Timon stürmt aufgeregt zur Tür herein. Er kann es kaum erwarten, sein Highlight des heutigen Schultages herauszuposaunen. Fred, der Streber, hat eine Strafe ausgefasst, weil er eine Aufgabe nicht gebracht hat. Welch

Genugtuung für all seine Klassenkameraden, die bei jeder Gelegenheit den Fred als Vorbild vorgesetzt bekommen! In der Aufregung hat er für einen kurzen Moment auf die Tür vergessen und schon war Katze Minki über alle Berge.

Wieder glänzte das Katzentier durch Abwesenheit. Sie war verschollen, wie vom Erdboden verschluckt! Nach weiteren zwei Tagen kratzt es im Morgengrauen am Wohnzimmerfenster. Katze Minki sitzt mit verklärtem Blick am Fensterbrett und bettelt um Einlass. Papa Hadwin öffnet der Ausreißerin. Katze Minki miaut kurz auf, soll wahrscheinlich als kurze Begrüßung zu verstehen sein, und eilt in die Küche.

Ohne auch nur einmal abzusetzen schlürft sie ihre Wasserschüssel aus. Danach verschlingt sie hastig ihre Futterportion. Auch den Reservenapf mit dem Trockenfutter frisst sie im Nu leer. Sie schleckt noch beide Schüsseln fein säuberlich aus, bis sie blitzblank sind. So ausgehungert habe ich Katze Minki noch nie erlebt! Sie leckt sehr gewissenhaft ihre Pfoten und begibt sich auf ihre geliebte Ofenbank. Nochmal putzt sie sich sehr genau und ordentlich, ehe sie in einen tiefen Schlaf fällt.

Die nächsten Tage hat Katze Minki keine Lust auszugehen. Ihre „Sturm- und Drang-Zeit" dürfte wohl vorbei sein. Das Gegenteil ist nun der Fall! Katze Minki schläft mehr als je zuvor, während sie in ihren wachen Phasen launischer ist als ich von ihr gewohnt bin. Was haben diese verrückten Katertiere bloß mit ihr angestellt? Hat sie dieser rot- getigerte Schönling etwa abblitzen lassen? Würde mich gar nicht wundern! Erst der Angebeteten schöne Augen machen und dann kalte Füße bekommen. Von solch typisch männlichen Verhaltensmustern hatten mir meine Tanten schon berichtet. Ich muss ja nicht nochmal extra erwähnen, dass unsere Spezies in so einem Fall kurzen Prozess macht und den „Schlappschwanz" zum Frühstück verspeist! Katze

Minki allerdings traue ich so etwas nicht zu. Es gab auch kein Indiz für so eine kannibalistische Handlung. Sonst wäre sie wohl kaum derart ausgehungert gewesen.

Vier Wochen später.

Irgendetwas stimmt mit dem Katzentier nicht. Die ist ganz schön rundlich geworden! Ist auch nicht verwunderlich, sie frisst ja nur und bewegt sich kaum! Sie liegt den ganzen Tag über auf der faulen Haut und schnurrt laut vor sich hin. Wenn man sie dabei stört, reagiert sie gereizt. So eine Tussi! Nicht einmal für unser altbewährtes Fangenspiel kann ich sie begeistern. Dabei hatten wir immer so viel Spaß! Unermüdlich flitzten wir kreuz und quer durch das Haus! Langsam mache ich mir Sorgen. Ist Minki etwa krank? Diese schrecklichen Kater haben sie krank gemacht! Die sollen mir mal in die Quere kommen. Ich verspritze all mein Gift an ihnen, und wenn es das Letzte ist, was ich tue!

Kapitel 17

Minkis mysteriöse Krankheit entpuppt sich zum freudigen Ereignis!

Schon wieder versammelt sich Familie Popp, um eine wichtige Familiensitzung abzuhalten. Das ist nun die zweite in kürzester Zeit. Dieses Katzentier hält die Popps ganz schön auf Trab. Ich warte einen optimalen Zeitpunkt ab, um mich etwas näher heranwagen zu können. Obwohl, ich hätte gute Lust dazu, mich einfach mal bei Mama Ulla blicken zu lassen. Ich wäre so neugierig, ob sie meinen Anblick schon einigermaßen ertragen könnte. Denn ich habe schon den Eindruck gewonnen, dass Mama Ulla in Bezug auf ihre Arachnophobie Fortschritte in Richtung Heilung macht. Aber ich traue mich einfach nicht. Meine Angst vor Mama Ullas Reaktion ist zu groß. Hoffentlich entwickle ich nicht gerade so etwas wie eine „Menschophobie". Ich muss zugeben, dass mir während der Suggestionssitzungen oft ganz schön mulmig zumute ist. Als Mama Ulla noch an einer sehr massiven Spinnenphobie litt, wäre sie bei meinem Anblick erstarrt und hätte lauthals Papa Hadwin geschrien, damit er ihr aus ihrer misslichen Lage hilft. Dank ihres Therapieerfolges würde sie zur Not allen Mut zusammennehmen und irgendeinen schweren Gegenstand auf mich werfen. Dazu ist sie nun in der Lage!

Genau genommen war mir da die Ausgangssituation lieber, denn Papa Hadwin hätte mir nie etwas zuleide getan. Also bleibe ich besser auf der Hut. Doch näher ran muss ich! Unter der Kommode hinter dem Esstisch ist der ideale Aufenthaltsort für mich, um das Gespräch gut mitzubekommen. Ich möchte nun endlich wissen, was konkret mit meiner Katzenfreundin Minki los ist!

Mama Ulla Popp redet gar nicht lange um den heißen Brei herum. Ihr resignierter Blick streift das Katzentier, ehe sie verkündet: „Unsere Minki wird nun bald Katzenmama. Daran lässt sich nichts mehr ändern! Daher ist es nun an der Zeit, ihr ein gemütliches, ruhiges Plätzchen zu richten, damit sie ihre Katzenbabys zur Welt bringen kann. So eine Art Höhle vielleicht." Sofort jubeln Timon und Klein-Sabinchen lauthals auf: „Jaaa!!! Dürfen wir dann die Katzenbabys behalten?" „Nein, auf keinen Fall!", wirft Papa Hadwin Popp bestimmt ein, um die aufkommende Euphorie seiner Kinder sofort im Keim zu ersticken.

Wie auf Knopfdruck fängt Sabinchen zu heulen an. Auch Sohnemann Timon setzt sein trotzigstes Gesicht auf, verschränkt demonstrativ seine Arme und schmollt. Mama Ulla tadelt nun Papa Hadwin: „Jetzt sei doch nicht so hart!" Sie wendet sich den Kindern zu und spinnt laut ihre Gedanken weiter: „Alle Katzenbabys können wir weiß Gott nicht behalten. Wir müssen uns jetzt schon um gute Plätze für sie umsehen. Je früher desto besser! Doch ein Junges sollten wir Minki schon lassen, dann wäre sie auch nicht mehr den Tag über alleine, wenn ihr die Schulbank drückt und wir in der Arbeit sind." „Das hat Minki aber noch nie geschadet!", wendet Papa Hadwin uneinsichtig ein. Er mag sich mit dem Gedanken an ein weiteres Haustier gar nicht erst anfreunden. „Darüber reden wir noch!", meint Mama Ulla und verschiebt dieses heikle Thema aus taktischen Gründen auf einen späteren Zeitpunkt.

Papa Hadwin hat keine weiteren Einwände. Er ist noch immer wie vor den Kopf gestoßen. Papa Hadwin Popp hat, was so typisch für ihn ist, nichts von Minkis Veränderung bemerkt. Er lebt eben unbeirrt seinen Phlegmatismus. Sogar Mama Ullas Schwangerschaften wären fast unbemerkt an ihm vorübergegangen, hätte er nicht jeweils in den letzten zwei Monaten für sie als Hebekran fungieren müssen. Da sie alleine nicht mehr in der Lage war, vom Sofa hochzukommen. Zu seiner Verteidigung erwähnt er stets, dass sich doch auch nichts gravierend verändert hatte, in dieser Zeit. Mama Ullas hormonbedingte Launenhaftigkeit machte sich ohnehin einmal im Monat bemerkbar. „Frauenkrankheit" eben! Und unter einem extremen Blähbauch litt seine Ulla schon ihr ganzes Leben lang. Oft hat es den Anschein, als hätte sie einen Medizinball verschluckt.

Die Kinder waren da etwas gewiefter. Sie hatten schon so einen Verdacht gehabt. Daher beschlossen sie, das Katzenvieh noch eine Weile zu beobachten, um sicherzugehen, dass Katzenbabys schon bald ihre Familie bereichern würden. Timon und Sabinchen liebäugelten sehr vorsichtig mit ihrer Vermutung, denn sie hatten Angst, am Ende enttäuscht zu werden, wenn es dann doch nicht so wäre. Nun konnten sie gewiss sein, dass es bald schon zu dem freudigen Ereignis kommen wird. Jetzt ist es amtlich, Minki wird Katzenmama! Oberste Priorität hat daher erst mal der Bau einer gemütlichen Katzenhöhle, um Katze Minki die Geburt ihrer Babys so angenehm wie möglich zu gestalten. Darüber sind sich zumindest alle einig.

Während die Popps damit beschäftigt sind, gut erhaltene Schachteln, Kuscheldecken, weiche Kissen oder ähnliches zu besorgen, verarbeite ich im Geiste das eben Gehörte. Ich brauche eine Zeit, um die Bedeutung von Mama Ullas Worten zu realisieren.

Ich kann es kaum fassen! Katze Minki im Mutterglück! Werde ich nun so etwas wie eine Tante? Zumindest fühle ich mich so! Irgendwie schäme ich mich, weil ich Minki in letzter Zeit öfters angegiftet habe, da sie nur mehr faul in der Gegend herumliegt, anstatt mit mir zu spielen. Jetzt ist mir klar, Minkis charakteristische Veränderung hat mit ihren Hormonen zu tun. Darum zum einen ihre plötzliche Gereiztheit und zum anderen ihre übertriebene Liebesbedürftigkeit. Hauptsache, sie ist nicht krank!

Seit ich von Minkis Trächtigkeit weiß, mache ich mir viele Gedanken. Da haben es wir Spinnentiere schon viel einfacher! Vielleicht werden wir in dieser Zeit der Fortpflanzung auch etwas zickiger, das möchte ich gar nicht abstreiten. Doch zumindest müssen wir unseren Nachwuchs nicht in unseren Bäuchen austragen. Ich stelle mir das schrecklich vor und furchtbar anstrengend! Katze Minki ist mittlerweile nahezu kugelrund, ihr Bauch streift schon fast den Erdboden! Also, so etwas würde ich bestimmt nur einmal in meinem Leben über mich ergehen lassen. Danach könnten mir diese raunzenden Kater gestohlen bleiben! Freiwillig würde ich mich einsperren lassen, damit mir nur ja keiner zu nahe kommen kann! Bin mal gespannt, wie Minki reagieren wird. Ich hoffe nur, sie hat es bald hinter sich, bevor sie noch platzt!

Katze Minki liegt laut schnurrend in ihrer neuen Katzenhöhle. Ihr gefällt ihr neues, kuscheliges Plätzchen. Zurzeit zieht sie es ihrer geliebten Ofenbank vor. Wahrscheinlich ist das Rauf- und Runterspringen schon zu beschwerlich für sie. Mir gefällt ihr neues Schlafgemach außerordentlich gut. Hier kann ich mich ohne Bedenken zu ihr gesellen. Es ist dunkel und in den vielen Kissen kann ich mich gut verkriechen. Ich schlafe gerne bei meiner Katzenfreundin. Ich muss zugeben, ihr „Dauerschnurren" beruhigt auch mich. Wenn es dann losgeht mit dem Geburtsvorgang, werde ich mich dezent in meinen Trichterbau hinter dem Sofa zurückziehen. Den Part der Hebamme überlasse ich Mama Ulla und dem Rest der Familie! Ich kann dabei sowieso nicht groß helfen.

Als ich so neben meiner Katzenfreundin ruhe und vor mich hin sinniere, wird mir klar, dass es nun bald an der Zeit ist, mein Sommerquartier im Garten zu beziehen. Sowie die Katzenbabys das Licht der Welt erblicken, werde ich voraussichtlich das Haus der Popps verlassen. Wahrscheinlich mit einem lachenden und einem weinenden Auge! Ich habe mich so sehr an diese Familie gewöhnt! Gut, ich bin nicht aus der Welt. Ich bekomme das familiäre Treiben auch im Garten mit. Doch es ist etwas anderes. Weniger intim! Mein eigentlicher Stichtag für meinen Auszug ist schon vorbei. Die Eismänner sind sang- und klanglos vorüber gegangen. Völlig unspektakulär! Die grimmige Kälte ist nicht zurückgekommen. Hat auch niemand hier vermisst! Aber nun, unter diesen Umständen, möchte ich der Geburt von Minkis Katzenbabys schon noch beiwohnen.

Immerhin bin ich die Adoptivtante! Ich habe das Recht sie kennenzulernen und ich freue mich schon riesig darauf! Danach ergebe ich mich meiner Bestimmung und tue, was die Natur für mich vorgesehen hat. Ich renoviere mein Sommerquartier. Es muss groß genug sein für mich und meinen Kokon, indem ich meinen Nachwuchs einbetten werde. Den Sommer über werde ich meinen Traumprinzen ausfindig machen. Jeden Tag träume ich von ihm, seit er mir begegnet ist. Er muss es sein!

Für ihn werde ich im Herbst bereit sein! Ich bin die Letzte meines Adels, das muss ihm eine Ehre sein! Mama Ullas esoterische Freundin Babette pflegt immer zu sagen, dass man sich alles was man sich wünscht, nur beim Universum bestellen muss, dann klappt das! Praktisch eigentlich. So dumm ist die gar nicht! Wenn das schon über Jahre bei der verrückten Babette klappt, dann wird mir das liebe Universum meinen Traum von Spinnenmann wohl auch am

Silbertablett servieren. Davon gehe ich aus! Ich habe es ohnehin noch nie mit meinen Wünschen bombardiert, das liebe Universum! Babette hingegen wünscht sich täglich alles Mögliche und die ist bestimmt nicht die einzige.

Fünf Katzenbabys erblicken das Licht der Welt

Ich schlummere selig vor mich hin, als ich von Katze Minkis lautem, etwas eigenartigem Miauen aus dem Schlaf gerissen werde. Verschlafen beobachte ich das Katzentier. Minki tigert unruhig im Raum umher. Sie wird immer lauter. Sie miaut und schnurrt abwechselnd. Was ist nur mit ihr los? Hat sie etwa schlecht geträumt? Wieder miaut sie laut auf! Schlaftrunken kommt Mama Ulla die Stiege herunter. Na toll, jetzt hat das Katzenvieh auch noch Mama Ulla geweckt. Die braucht doch ihren Schlaf! Mit einer unausgeschlafenen Mama Ulla ist gar nicht gut „Kirschen essen"! Davon können Papa Hadwin, Timon und Sabinchen ein Lied singen. Ich verhalte mich besser mal unauffällig.

Besorgt kümmert sich Mama Ulla um Minki. Sie kniet sich zu ihr, streicht liebevoll über ihr Fell und redet ihr gut zu. Das überrascht mich. Ich hätte erwartet, dass Mama Ulla Katze Minki zurechtweist und sich, wie üblich, wenn sie eine schlaflose Nacht hat, ein Glas warme Milch mit Honig gönnt.

Nun stapft auch noch Papa Hadwin hemmungslos gähnend die Treppe herab. „Hadwin, ich glaube es geht los!", flüstert Mama Ulla Papa Hadwin freudig zu. „Wirklich? Bist du ganz sicher?", fragt Papa Hadwin nochmal vorsichtig nach, um sich zu vergewissern, dass er Mama Ulla auch richtig verstanden hat. Wäre ja nicht das erste Mal, dass die beiden aneinander vorbeireden.

„Da besteht kein Zweifel! Es ist soweit!", nickt Mama Ulla.
„Dann komm weg von ihr. Wir müssen Minki ihre Ruhe lassen. Die

macht das schon!" Papa Hadwin legt seinen Arm um Mama Ullas Schultern und schiebt sie sanft aber bestimmt zur Tür hinaus.

„Aber…", versucht Mama Ulla noch etwas einzuwenden, doch Papa Hadwin schneidet ihr das Wort im Mund ab.

„Nicht aber, wir gehen wieder ins Bett und lassen vorsichtshalber die Schlafzimmertür ganz offen. So können wir hören, wenn Minki uns braucht!" Mama Ulla weiß insgeheim, dass Papa Hadwin recht hat und geht widerstandslos mit ihm ins Schlafzimmer zurück.

Nun bin auch ich hellwach! Oh Gott oh Gott, bin ich aufgeregt! Wie wird das wohl jetzt werden? Ich habe ja keine Ahnung. Ich stelle mir so eine Geburt schon sehr schwierig vor! Die arme Minki! Und ich kann nichts für sie tun! Da haben wir Spinnentiere wirklich Glück. Wir spinnen emsig einen Kokon, legen unsere Eier darinnen ab und alles weitere entwickelt sich quasi von selbst. Wir brauchen nur noch warten, bis die Rasselbande schlüpft. Eier zu legen stelle ich mir schon um einiges leichter vor, als ausgewachsene „Babys" zu gebären. In diesem Fall hat Katze Minki wohl die „Arschkarte" gezogen. Es gibt doch so etwas wie Gerechtigkeit. Zumindest, was die Fortpflanzung betrifft, hat uns der liebe Gott etwas begünstigt. Wir Spinnentiere sind sozusagen auf die Butterseite gefallen, als die verschiedenen Arten der Fortpflanzung verteilt wurden. Da hat unser Schöpfer offenbar ein Einsehen mit uns gehabt, da wir es im übrigen Leben doch etwas schwerer haben. Ab und zu bin ich schon sehr froh darüber, kein Säugetier zu sein. Doch das ist schon der einzige Vorteil, den unsere Spezies gegenüber den Säugern hat. Um ihr restliches Leben beneide ich sie schon sehr. Deshalb werde ich weiterhin fleißig gutes Karma sammeln, um im nächsten Leben ein paar Stufen höher zu steigen in der Evolution! Vielleicht lässt sich da als Adoptivtante von Minkis Kitten einiges machen?! Ich, Spindarella Spinn von Spinnentier, werde ihr bei der Aufsicht ihrer Kinderschar helfen! Das habe ich mir fest vorgenommen!

Katze Minki verkriecht sich in ihrer neuen, extra für dieses Ereignis konstruierten, Katzenhöhle. Nun kann sogar ich sie nicht mehr sehen. Sie versteckt sich unter einer kuscheligen Decke. Papa Hadwin meinte, man muss Katzen bei der Geburt ihrer Jungen in Ruhe lassen. Also halte auch ich mich daran. Es kommt mir zumindest recht logisch vor. Ich denke, jedes Lebewesen auf Erden braucht bei diesem besonderen Ereignis seine Intimsphäre.

Am nächsten Morgen.
Im Halbschlaf vernehme ich ein Wimmern ganz in meiner Nähe. Sofort bin ich hellwach! Bin ich etwa schon Tante???
Aufgeregt krabble ich aus meinem Trichterbau. Ich luge vorsichtig unter dem Sofa hervor, um zu erkunden, ob die Luft rein ist. Das Wimmern wird lauter. Mein Gott, ich kann Minki in ihrer Höhle erkennen, wie sie neben lauter kleinen Minkis liegt und schützend ihre Pfote auf sie gebettet hat. Fünf hübsche kleine Katzenbabys hat meine engste Vertraute in diesem Haus auf die Welt gebracht. Ich bin so unendlich stolz auf dieses Katzentier! Sofort möchte ich zu Minki krabbeln, um mir die kleinen Racker genauer anzusehen, als ich Schritte im Stiegenhaus vernehme. Rasch verschanze ich mich wieder unter dem Sofa.

Mama Ulla betritt das Wohnzimmer. Katze Minki kommt aus ihrer Höhle und streift Mama Ulla schnurrend zwischen die Beine. Dann läuft sie sofort wieder in ihre Höhle, um Mama Ulla stolz ihre Jungen zu präsentieren.

„Minki, das hast du aber gut hinbekommen! Gratuliere! So eine tolle Katzenmama bist du! Eines hübscher als das andere!"
Mama Ulla kann ihren Blick nicht mehr von den fünf Katzenbabys abwenden. Katze Minki fühlt sich sehr geschmeichelt und säugt zufrieden ihre Babys. Mama Ulla hat direkt Tränen in den Augen vor lauter Rührung und Glückseligkeit.

Eine halbe Stunde später ist die ganze Familie Popp um Minkis Wochenbett versammelt. Sogar Papa Hadwin Popp ist hin und weg vor lauter Rührseligkeit. In diesem sehr emotionalen Moment rufen Sabinchen und Timon wie aus einem Munde: „Papa, Papa, aber eines dürfen wir schon behalten, bitte!? Die sind so süß! Minki hat die allerhübschesten Katzenbabys auf dieser Welt bekommen!" Nun haben sie Papa Hadwin kalt erwischt. Er hat nur noch Augen für Minkis äußerst herzigen Nachwuchs und ist nicht in der Lage, seinen Kindern ihren Wunsch abzuschlagen. Sie dürfen sich eines aussuchen.
Sabinchen und Timon einigen sich nach langem Hin und Her für einen rot- getigerten Kater. Karlo soll er heißen. Er kommt ganz nach seinem Papa, denn er scheint ebenfalls ein Langhaarkater zu sein.

Eine Woche später.
Nun ist was los im Hause Popp! Die kleine Rasselbande ist mittlerweile ganz schön lebendig. Es sind drei Weibchen und zwei Männchen, das ist nun fix. Ich muss sagen, die Kinder haben eine gute Wahl getroffen. Kater Karlo ist trotz seines zarten Kindesalters schon ein sehr verschmuster Kerl. Die anderen vier Wonneproppen sind auch schon an sehr gute Plätze vergeben. Den Popps war es wichtig, dass sie die neuen „Katzeneltern" gut kennen, damit sie die frechen Racker immer wieder mal zu Gesicht bekommen. Das ist ihnen nun geglückt. Zwei befreundete Familien werden die Kleinen liebevoll aufnehmen. Doch

zuvor dürfen sie noch mindestens sechs Wochen bei ihrer Mama bleiben.

Katze Minki hat alle Pfoten voll zu tun. Ihre Jungen werden zurzeit von extremer Neugierde geplagt. Sie schwirren in alle Himmelsrichtungen aus, was die Aufsicht nicht gerade vereinfacht. Niemals wollen sie gemeinsam dieselbe Ecke im Haus erkunden. Diese Katzenmeute zusammenzuhalten gestaltet sich als äußerst schwierig. Nun komme ich als Adoptivtante endlich ins Spiel. Das Katzentier kann ja so etwas von froh darüber sein, dass sie mich als Freundin gewonnen hat. Ich habe mich zwar bis dato noch nicht fortgepflanzt, doch so eine Meute beisammenzuhalten liegt in meiner Natur. Wir Winkelspinnen können bis zu hundert Babys auf einmal bekommen. Ja gut, viele vom Gelege schaffen es nicht, wenn die klimatischen Bedingungen nicht optimal sind. Aber so an die fünfzig sind es allemal, die überleben. Minimum! Da werde ich doch mit fünf ungestümen Wilden zurechtkommen. Zumindest werde ich sie immer gut im Auge behalten, um Minki frühzeitig warnen zu können, falls eines von ihnen in Gefahr gerät. Sie sind halt furchtbar verspielt und tollpatschig. Eine gefährliche Kombination. Aber so sind Kinder eben. Auch dies scheint bei jedem Lebewesen auf dieser Erde gleich zu sein. Besonders ausgeklügelt hat das der liebe Gott nicht. Es gibt zwar unzählige verschiedene Arten von Lebewesen, doch wie sie leben und sich fortpflanzen ähnelt sich sehr. Da war es wohl vorbei mit Gottes Ideen! Oder er tat das ganz bewusst, damit wir uns gegenseitig unterstützen können. Wer weiß? Er hat ja offenbar nichts gemacht, ohne sich etwas dabei gedacht zu haben! Ich möchte ja den Allmächtigen nicht beleidigen und ihm Einfallslosigkeit nachsagen. Würde sich auch nicht unbedingt positiv auf mein Karma auswirken. Ich könnte mich selbst ohrfeigen für meine respektlosen Gedankengänge. Etwas ängstlich überlege ich, ob der liebe Gott meine Gedanken lesen kann? Also, wenn ich in meinem Vorleben ebenso ketzerische Hirngespinste gehabt haben sollte, so wundert es mich nicht, dass ich als Spinne geboren wurde. Das ist wohl eine negative Charaktereigenschaft von mir, die ich nur schwer ablegen kann. Daran muss ich arbeiten! Ich darf nicht darauf vertrauen, dass meine positiven Eigenschaften diesen negativen Wesenszug aufheben.

Ich verwerfe jegliche Gedanken und konzentriere mich voll und ganz auf meine Katzennichten und Neffen. Mit Argusaugen beobachte ich die fünf wuscheligen „Wollknäuel", wie sie tollpatschig im Haus herumwuseln. Besonders lustig ist es, wenn sie Fangen spielen. Was dann meistens in einem Gruppengerangel endet. So sind sie wenigstens wieder alle beisammen und Katzenmama Minki kann sich für einige Minuten entspannen. Ja, Minkis Ruhepausen werden nun täglich kürzer, je größer die Kleinen werden. Das ist das Los der Mütter! Wenn ich merke, wie sehnlich sich Minki eine Mütze voll Schlaf wünscht, raubt es mir immer ein Stückchen Vorfreude an meine eigene Mutterschaft. Aber dies wird ja erst im nächsten Herbst spruchreif werden. Vorausgesetzt, ich finde meinen Traumprinzen wieder. Diesen wunderschönen, ästhetischen Spinnenmann, den Mama Ulla verjagt hat.

Kapitel 19

Es wird Zeit Abschied zu nehmen, ab in die Sommerresidenz!

Es ist Wochenende. Das bedeutet für mich, es wird ein anstrengender Tag! Kind und Kegel, alle sind zu Hause und dazu kommt nun auch Minkis Kinderschar. Eine sehr turbulente Zeit, die ich jetzt im Hause Popp durchlebe.

Es ist noch früher Morgen. Hellwach sitze ich in meinem Trichterbau und denke über meine heutige Tagesgestaltung nach, als plötzlich Mama Ullas Telefon läutet. Am anderen Ende der Leitung ist eine aufgeregte Babette zu vernehmen. Fast weinerlich erzählt sie Mama Ulla, dass sie in ihrem Haus einen Wasserrohrbruch haben. Eine Katastrophe! Alles schwimmt! So etwas passiert natürlich immer an einem Wochenende!
Beruhigend redet Mama Ulla auf die fassungslose Freundin ein. Da helfen Babette offensichtlich ihre esoterischen Weisheiten auch nicht weiter. Sie ist mit ihren Nerven am Ende. Mama Ulla überlegt kurz und schlägt ihrer Freundin vor, dass sie allesamt hier unterkommen können, bis der Schaden behoben ist. „Das geht schon irgendwie. Wir müssen halt alle ein bisschen zusammenrücken. Wozu sind denn Freunde da!", höre ich Mama Ulla großherzig ihren Plan weiterspinnen.

Mir wird bei dem Gedanken schon ganz schwummelig. Ist das wirklich ihr Ernst? Das würde bedeuten, im Wohnzimmer nächtigen neben Minki und den Katzenbabys, die durchgeknallte Babette mit ihrem unterdrückten Mann. Deren verzogene Kinder werden in den Kinderzimmern untergebracht. - Der reinste Wahnsinn! - Papa Hadwin sieht gar nicht glücklich aus. Sein entsetzter Blick wird von Mama Ulla einfach ignoriert. Für seine spitze Bemerkung, dass für solche Fälle Hotels gebaut wurden, erntet er einen leichten Seitenhieb in seinen rechten Rippenbogen. Die einzigen, die dieser hirnrissige Plan begeistert, sind Sabinchen und Timon.

Babette bedankt sich freudig für Mama Ullas Angebot und eine Stunde später stehen sie auch schon mit Sack und Pack vor der Tür. - Klar doch, wie hätte es auch anders kommen sollen!

Sofort toben die Kinder lautstark durch das Haus. Katze Minki ist ebenfalls ziemlich genervt. Sie drückt ihren Unmut dadurch aus, dass sie wie wild ihren Schwanz hin und her schlägt und die Ohren anlegt. Ihre Katzenkinder sind total verschreckt und drängen sich fest an sie. Zum Glück kann einer in dieser Familie diese verfahrene Situation realistisch einschätzen, bevor sie eskaliert. Nämlich Papa Hadwin Popp, mein Held! Der traut sich wenigstens noch ab und zu ein Machtwort zu sprechen, ganz im Gegensatz zu Babettes Pantoffelhelden. Ein lautes „Stopp!" durchdringt den Raum. Sofort erstarren die Kinder zu Salzsäulen. Wow, das hat gewirkt! Ich bin beeindruckt. Timon und Sabinchen kennen diesen strengen Unterton in Papa Hadwins Stimme. Es kommt nicht oft vor, doch wenn Papa Hadwin mal laut und energisch wird, dann zählt nur sein Kommando. Ohne Widerrede! Die anderen beiden Gören kennen so ein Aufbegehren Erwachsener überhaupt nicht. Sie sind davon so irritiert, dass auch sie sofort dastehen wie die Zinnsoldaten. Sogar die verrückte Babette wagt es diesmal nicht, der Erziehungsmethode von Papa Hadwin belehrend entgegenzuwirken. Immerhin müssen sie doch froh sein, überhaupt hier Asyl gewährt zu bekommen. Sie ist ja stets der Meinung, Kinder müssen sich frei ausleben, entfalten können. Alles andere stört ihre Entwicklung. Sie ist eine überzeugte Verfechterin des „Laissez-Faire-

Erziehungsstiles". „Lass es machen, lass es laufen!", das ist ihre Devise. Ihr Göttergatte hat es längst versäumt dagegen aufzubegehren. Nun kann er es nur mehr hinnehmen, wie es kommt und hoffen, dass seine Rabauken recht schnell erwachsen werden und auf ihren eigenen Füßen stehen. Falls sie das jemals können!?! Das kommt davon, weil er seine Babette stets durch eine rosarote Brille sieht. Er stellt nichts infrage, was seine große Liebe für gut empfindet. Das ist ein Fehler! Papa Hadwin stellt sich erhobenen Hauptes vor die Kinderschar und erklärt bestimmt: „Wenn wir hier in diesem Haus einige Tage gemeinsam verbringen wollen, müssen sich alle an gewisse Regeln halten. Und ich meine alle!", sein Blick schweift zu der sprachlosen Babette.

„Die erste Regel ist: Getobt und gekreischt wird im Garten oder am Spielplatz nebenan! Hier im Haus unterhalten wir uns in gemäßigtem Tonfall und es wird auch nicht gerannt! Seht, wie Minkis Katzenbabys verschreckt sind von eurem Auftritt. Die brauchen ihre Ruhe! So ein Kommunenleben war noch nie etwas für mich, doch auch ich versuche nun das Beste aus dieser Situation zu machen. Wenn so viele Menschen auf so engem Raum miteinander leben, müssen alle aufeinander Rücksicht nehmen. Sonst funktioniert es nicht!" Alle nicken betroffen und Papa Hadwin blickt zufrieden in die Runde. Man sieht ihm an, dass er sich momentan ziemlich gut fühlt. Er fühlt sich als Familienoberhaupt anerkannt! Das passiert genau genommen auch nicht sehr oft. Ab und zu braucht er solche Situationen, um sein Selbstwertgefühl zu stärken.

Nichtsdestotrotz ist mir eindeutig zu viel los in diesem Haus. Es halten sich zwar alle einigermaßen an Papa Popps Regeln, doch schaffe ich es kaum noch, meinen Trichterbau hinter dem Sofa zu verlassen. Es ist so gut wie immer irgendjemand im Raum. Das muss ein Zeichen sein, ein Wink des Schicksals. Es ist nun endgültig an der Zeit, mein kuscheliges Winterquartier zu verlassen. Schweren Herzens plane ich den Umzug in mein Sommerquartier. Etwas renovierungsbedürftig wird es sein, das ist mir schon lange klar. Auch einen Anbau muss ich spinnen, in dem ich den Kokon für meine Kinderschar herrichten kann. In den vergangenen Wochen habe ich dieses Szenario immer und immer wieder in Gedanken durchgespielt. Mir ist es wichtig auf neue Situationen gut vorbereitet zu sein. So erspare ich mir unliebsame Überraschungen! Ich gehe mit vier lachenden und vier weinenden Augen. Aber ich freue mich schon auf den nächsten Winter bei den Popps. Bis dahin muss meine Kinderschar auf ihren eigenen Beinen stehen. Mama Ulla hat diesen Winter doch noch riesige Fortschritte gemacht, was die Bekämpfung ihrer Spinnenphobie betrifft. Auch Timon reagiert mittlerweile recht cool, wenn er meiner Spezies begegnet. Im schlimmsten Fall wird man von ihm ins Freie befördert. Um sein Leben muss man nicht mehr bangen. Von Papa Hadwin hatte ich ohnehin nie etwas zu befürchten und Klein-Sabinchen schwimmt mit der Meute. Bleiben alle cool, so bleibt sie es auch. Am meisten freue ich mich schon auf meine Katzenfreundin Minki. Ich bin schon gespannt, wie ich mit ihrem Sohn Kater Karlo auskommen werde. Bestimmt ganz gut, er hat ja die Gene von Minki. Außerdem bin ich seine Adoptivtante und edle Beschützerin, da baut man schon eine gewisse Beziehung zueinander auf. Er wird mich doch nicht den Sommer über vergessen. Ganz aus der Welt bin ich ja nicht. Ich wohne doch im Garten. Genaugenommen in der Mauerritze, an der Sonnenseite des Hauses. Da steht neuerdings eine Gartenbank davor. Somit könnte es auch ein Lieblingsplatz meiner Katzenfreundin werden.

Sie liebt sonnige, ruhige Plätze! So könnten wir während des Sommers ganz gut Kontakt halten. Nun freue ich mich schon auf den Garten. Auf die frische Luft, auf die Natur, auf die schmackhaften Asseln, auf meine Freiheit und natürlich auf meinen Spinnenmann! Sobald die Luft rein ist, krabble ich zu Minki in ihre Katzenhöhle, um ihr von meinem Plan zu berichten. Danach muss ich nur noch abwarten, bis das Wohnzimmer ordentlich durchgelüftet wird. Bei der nächsten Gelegenheit, wo die Terrassentür offen steht und keiner im Raum ist, nehme ich meine acht Beine in die Hand, um so schnell ich nur kann in den Garten zu gelangen. Da ich nicht genau weiß, wann dieser Zeitpunkt kommen wird, verabschiede ich mich jetzt schon von Minki und ihrer Rasselbande.

Auch das Katzentier reagiert etwas sentimental. Minki wäre es ganz recht gewesen, wenn sie mich noch ein Weilchen zur Unterstützung in Sachen Kindererziehung in ihrer Nähe gewusst hätte. Wir waren mittlerweile ein tolles Team. Außerdem war ein Zusammenleben im Haus schon viel intimer als ein bisschen „Smalltalk" im Garten. Aber sie freut sich für mich, dass ich endlich wieder meine wunderschöne Sommerresidenz beziehen kann. Der Winter war heuer besonders lange grimmig kalt und auch der Frühling ließ auf sich warten. Es gab eine sehr lange Regenperiode, da wollte ich auch nicht unbedingt raus. Dann war Minkis Trächtigkeit eine spannende Zeit für mich. Ich wollte unbedingt da sein, wenn diese kleinen, kuscheligen Katzenbabys das Licht der Welt erblicken. Es war mir ein Anliegen, dass auch sie mich kennenlernen. Und so hat sich mein planmäßiger Auszug ziemlich verzögert. Genau genommen um ein gutes Monat!

Doch jetzt ist meine Mission hier beendet. Ich bin sehr dankbar, dass mich Papa Hadwin Popp im letzten Herbst unabsichtlich ins Haus gebracht hat. Es klingt vielleicht blöd, doch ich habe alle fest in mein Herz geschlossen. Außer Babette, ihren Pantoffelhelden und deren schreckliche Kinder.

Als ich so vor mich hin sinniere und die letzten Monate vor meinem geistigen Auge Revue passieren lasse, geschieht es: Mama Ulla kommt ins Wohnzimmer, steuert geradewegs auf die Terrassentür zu und öffnet sogar beide Flügel. Mein Herz klopft vor Aufregung. Ich blicke nochmal zu Minki rüber, sie beobachtet mich mit sanftem Blick. Ihre Katzenkinder zwinkern mir aufmunternd zu. Mir wird nochmal kurz wehmütig ums Herz und dann renne ich los. Ich renne, was das Zeug hält! Ich renne so schnell, wie ich nur kann! Es gibt nichts mehr, was mich aufhalten kann. Schon spüre ich die wärmenden Sonnenstrahlen auf meinem Körper. Ich habe es geschafft! Ich genieße das Gefühl der Freiheit. Im nächsten Augenblick bin ich um die Hausecke verschwunden.

Ich habe die Sonnenseite des Hauses erreicht. Ich kann sie schon sehen, meine geliebte Mauerritze. In ihr verbirgt sich mein Zuhause. Endlich wieder daheim! Ich wünsche allen meinen neugewonnenen Freunden und denen, die es vielleicht noch werden möchten, einen wunderschönen Sommer. Haltet die Ohren steif, lasst nichts anbrennen, und nächsten Winter sehen wir uns wieder. Versprochen! Eine Spindarella Spinn von Spinnentier steht zu ihrem Wort!

Bis bald,

Eure Spindarella!

Inhaltsverzeichnis

1. Kapitel 9

Mein ungewollter Einzug bei Familie Popp

2. Kapitel 19

Spindarellas erste Erkundungstour durch das Haus und ihre Begegnung mit Minki, dem Katzentier

3. Kapitel 27

Friedliches Übereinkommen mit Katze Minki und Papa Hadwin Popp

Kapitel 4 37

Der ungebetene Gast

Kapitel 5 45

Strapaziöse Tage für Spindarellas äußerst empfindliches Riechorgan

Kapitel 6 53

Spindarellas erste Therapiesitzungen für Mama Ulla Popp

Kapitel 7 61

Die Popps und ihre Traditionen

Kapitel 8 71

Eine schöne Bescherung

Kapitel 9 77

Timon macht auf Biologe

Kapitel 10 87

Papa Hadwin mit den Kindern allein zu Hause!

Kapitel 11 99

Papa Hadwin Popp fährt auf Kur

Kapitel 12 115

Vorfreude auf Papa Popps Heimkehr!

Kapitel 13 121

Familie Popps Gesundheitstrip

Kapitel 14 133

Frühlingserwachen

Kapitel 15 141

Mama Ullas Therapieerfolg vertreibt meinen Traummann

16. Kapitel 147

Die liebestolle Zeit der Katzentiere

Kapitel 17 153

Minkis mysteriöse Krankheit entpuppt sich zum freudigen Ereignis!

Kapite18 159

Fünf Katzenbabys erblicken das Licht der Welt

Kapitel 19 165

Es wird Zeit Abschied zu nehmen, ab in die Sommerresidenz!

... und zur Not kommen wir durch´s Fenster

Skurrile G´schichten aus der Hauskrankenpflege
Von **Karin Beisteiner**

Die Autorin erzählt in diesem Buch auf eine sehr humorvolle Art von ihren
Erlebnissen aus der Zeit, als sie in der Hauskrankenpflege tätig war.
Es gab natürlich traurige Momente, doch es überwogen bei Weitem die Schönen und
Lustigen.
Es mangelte auch nicht an Herausforderungen die es zu bewältigen galt. Eine Portion
Flexibilität und Hausverstand waren daher von großem Nutzen.

Paperback	978-3-7469-9430-7
Hardcover	978-3-7469-9431-4
e-Book	978-3-7469-9432-1

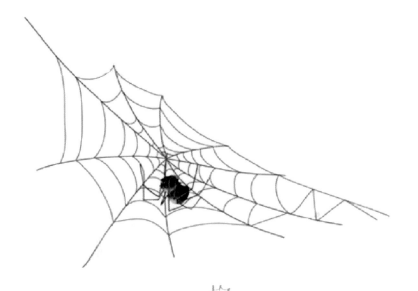